闡提（せんだい）たちの廃仏毀釈

松本白華と富山藩合寺事件

宮田 隆

郁朋社

闡提(せんだい)たちの廃仏毀釈

――松本白華と富山藩合寺事件――

明治から先の大戦まで、我が国が関わった戦争で犠牲になった全ての人たちに捧げる。

―はじめに。富山藩合寺事件の要略―

明治三年、旧暦、庚午（かのえうま）閏（うるう）十月二十七日……。

富山藩から突然、合寺令なるものが布令されたその日である。新暦で言うと一八七〇年、十二月十七日となる。なお、この物語の日付は全て旧暦で表記する。

その十日ほど遡った十月十五日、富山藩の寺院向けの宣布にその予兆を読みとることができた。

「此度兵制器械令出来銅鉄等格別入用ニ付為報国士卒郡市ニ至迄銘々別祇之品於所待者差出可申候」

つまり……、富国強兵を掲げる明治政府は兵制機械令を大義に、寺院が所有する銅鉄などを拠出せよという命令である。それは、梵鐘はもとより、仏壇、仏像、仏具あるいは貴重な寺宝にまで及んだ。

そして、合寺令が布令された翌二十八日から二十九日にかけ、わずか二日間でそれぞれの寺の僧侶は勿論、家族、衆徒、寺男など同居していた者全員が、藩が指定した寺へ強制的な移動が命じられた。

言うまでもなく、寺院を空にすることで抵抗もなく、それらを略奪するためである。この合寺という仏教弾圧は、神道による葬式を認めた神葬祭勝手令が発出されたことが背景にあった。明治に入って、江戸時代から続いた寺院による民衆管理法であった寺請（てらうけ）制度を廃止し、神道が国教の扱いになった。つまり、日本の長い歴史の中で独自の神道と仏教が融合してきた神仏習合が破綻した瞬間でもあったのである。

これが世に言う仏教諸派を一派一寺に併合させる合寺令の骨格である。しかし、合寺令の本質は全く別のところにあった。この富山藩で起きた仏教弾圧は、廃仏毀釈が全国で吹き荒れた時期と一致する。それは、明治政府が恣意的に仏教の影響力を廃(すた)らせる意図があったからである。その大義は欧米によるアジアの植民地主義、つまりコロニアリズムからの解放であり、欧米に取って代わってアジア全域に覇権を及ぼそうとする明治政府の思惑である。この目的を完遂するには国民の政府に対する従順さ、そして愛国精神、それに繋がる他国への侵略、欧米との戦争という目論見は国民の思想、価値観を一致させる必要があった。神道は惟神道(かんながらのみち)である。すなわち、仏教のような教典や規範的な教えはなく、開祖もいない。神話、八百万の神、自然や自然現象などにもとづく、アニミズム的な祖霊崇拝に基づく民族宗教である。これこそ国民をある方向へ誘導するには好都合であると明治政府は考えた。天皇を「神」として崇めることで神道が国民を支配し、明治政府の策略が成就すると考えたのだ。

一

富山藩合寺事件……。

この愚挙を世に知らしめようと多くの僧侶が立ち上がった。浄土真宗の僧侶であり、著名な画家でもあった渡辺法秀もそんな一人であった。

法秀は一葉の書付を頭陀袋の奥に仕舞い込んで、墨染の直綴(じきとつ)の上から雪に備え柿渋で染めた赤合羽を羽織っていた。ところは富山藩砺波（となみ）郡出町の恵琳寺である。海から白粉を塗したような乾いた吹雪が街を襲っていた。砺波の勾配の早い漆黒の屋根の上を、風に煽られ塒（とぐろ）を巻くように雪が叩いた。

恵琳寺の前の住職が法秀だった。数年前、甥っ子の木下法順に住職を継がせた。法順の角張った顎は叔父の法秀にそっくりだった。法順が網代笠を法秀に手渡すと、そんな顎が強張り、ぎぎっ、と関節が鳴った。

「門徒たちが曳山の山蔵の前で待っとる」

山門に貯まった雪が音を立てて崩れ落ちた。法順がその様子を見て、心配そうに言った。

「雪がいよいよきつい。峠は越えられますかのぅ？」

法秀は「ああ」と曖昧に答えた。

「東京で何とか門首様にこの書付をお渡しして、この法難を救うていただく。なに、もうすぐ古希とはいえ、立山を散々駆け回った体力ちゃ衰えとらんはずだ。それに若いお前たちに富山のこれからを託さならんからの」

叩きつける棘のある雪が目を刺し痛い。法秀は思わず瞬きすると、遠くに曳山の山蔵が大きな影となって映った。人影がぼんやりと蠢くのが見えた。

山蔵の扉は開いていて、曳山の人形浄瑠璃の舞台を朱の唐破風の屋根が被っていた。雪の深いこの時期は曳山の山蔵は堅く閉ざされていた。法秀の覚悟の出立を知った門徒たちが山蔵の扉を開き、旅の安全を祈願したのだ。法秀は曳き方の頭領として何十年も巡行を仕切ってきた。しかし、この風景も最後かもしれないと思うと、法秀の瞳が翳った。

門徒たちは声を発することもなく法秀を取り囲んだ。人々の背を雪が叩く。その打音だけが出町の路地に雲母(きらら)を潰すように響いた。

それから……、法秀は糸魚川から上田を経て、碓氷峠の難所を越えて東京に入る長い旅に出た。富山藩で唐突に起きた合寺事件の実情を浅草の東本願寺に滞在していた浄土真宗大谷派の第二十一代門首、嚴如(ごんにょ)に訴え出るのが目的だった。法秀がこの覚悟の旅に出たことは、街道筋の真宗の寺院に瞬く間に知れ渡った。それらの寺院の僧侶たちは雪深い街道を法秀に付き添い、馬車や宿坊を提供した。そして雪道に荒れた碓氷峠を越えると、そこからは道が平らになり、もう、雪に足をすくわれることはなかった。雪が消えたのだった。

京都の東本願寺の境内も膝が隠れるまでに雪が積もっていた。足を絡ませながら雪田を歩くのが、北海道から帰ってきたばかりの大谷光榮(こうえい)だった。東本願寺大谷派の第二十一代門首、大谷光勝、法名、嚴如の四男で法嗣(はっす)である。光榮は明治政府の北海道開拓事業を任され、その年の二月より北海道に赴任していた。光榮は後ろを歩く松本白華(はっか)に気がつくと「やあ」と手を挙げた。

松本白華は加賀国松任(まっとう)(現在の白山市東一番町)の真宗大谷派、本誓寺の住職だが、東本願寺の門首付け執務室主任を兼ねた、いわば門首に最も近くで仕える高僧の一人である。

「いつ、北海道からお帰りで？」

寒風に頬を真っ赤にした光榮は「たった今だよ」と笑顔で返した。

「こっちで大きな法要があり、一度戻ってきたが、また、すぐに帰らなくてはならない。北海道にいると、こんな雪道にはすっかり慣れたよ」と恬淡なく言った。

「北海道は寒いのでしょう？」

宗務所の玄関で雪を払いながら白華はそう訊ねた。

「寒いさ、棘のような風が雪を舞い上げて景色が真っ白になり、右も左も、そう上も下も分からなくなることがある」

白華にはその風景が想像できた。

「白魔……」

「白魔？　なんだ？」

「いや、加賀では猛烈な雪の嵐を白魔と呼びます。多分、そんな感じかと、思い出しました」

「そうだな、松本さんも寒いところの出だ」

宗務所の一番奥に門首の執務室があった。そこに白華と光榮が連れ添って出向くと、嚴如が嬉しそうに「なんだ、お前たち、兄弟みたいやな」と茶化した。

嚴如は目鼻が尖った公家顔だが、息子の光榮には、どこか侍の風格があって、眉が太く、目が鋭い。歳は白華とそうは変わらない、三十を少し超えたくらいだった。

口火を切ったのは光榮だった。

「富山がひどいことになっているらしいですな」

畳を刺すような尖った声だった。

「詳しいことはよう分からへんが、富山藩では合寺なるモンが発令され、なにやら、一宗派一つずつの寺にまとめろということらしい」

「一つに？」白華が訝しげに訊ねた。

「そうらしい。こりゃ、はちゃめちゃやで」

その時、門首の嚴如が光榮の言葉を継いだ。

「実はな……」

何かを探るように言った。

「十五日ほど前やったか？　東京で寄り合いがあって浅草の本願寺にいた。そこに雪道で泥だらけになった真宗の老僧が訪ねてきたんや。もう、古希は過ぎているやろう」

「泥だらけ？　どちらから？」

光榮が訊ねた。

「富山は砺波の出町という所らしい。それにここのところの大雪だ。大変な苦労をして上京したんやろうな」

「出町というと、惠琳寺……」

白華が呟くと、嚴如が大きく頷いた。

「そや、画僧としても良く知られた渡辺法秀師や。雅号を香岳（こうがく）というらしい」

富山藩は合寺の内情が漏れないように街道を封鎖するといった周到さだったと言う。

光榮が苦々しく言った。

「だから、渡辺師は関所を避けるため雪深い裏街道を使って、苦難の末、門首直々に窮状を訴え出た、ということですね」

厳如は辛そうに目を閉じると、一葉の書付を白華の前に差し出した。

「これが、渡辺師が命懸けで届けてくれた書状や。そこに今の富山の惨状が綴ってある」

法秀の書状の冒頭はこう始まった。

「藩庁名で発出された合寺令は性急で厳しい通達でございました」

そして……、

「翌二十八日から二十九日の夜にかけて家財、法具を指定の場所に運べという無茶な命令でした。さらに二十九日、暁卯の刻（午前六時）にそれを検分すると言ってきました。あまりに唐突であったため、日延べを嘆願いたしましたが一切聞き入れられなかったのです」

ここまで読んで、白華は一度、大きなため息をついた。法秀の憤りがこの数行の文章で十分に読み取れたからだ。書状はさらに続いた。

「合寺する指定の場所は、次のようになり申した。浄土真宗は常楽寺に二百三十二の真宗の寺の住人が集められました。以下、拙僧の知る限りですが、日蓮宗は大法寺に四十ケ寺。真言宗が真興寺に二十ケ寺。天台宗は園楽寺、浄土宗には来迎寺がそれぞれ十五ケ寺ずつ。曹洞・臨済など禅宗は光厳寺に四十ケ寺が合寺され申した。合寺令が発令された翌々日には、他の管轄所の僧徒を招待することや托鉢の僧尼の止宿を留めおき、婦人に対しても参詣が禁じられ申した。わが真宗は寺の数が多く、合併所となった常楽寺境内には、二百四十畳ほどの広さのところへ二百三十二ヶ寺から集まった千人を越える門徒が雑居を強いられることになり、そのため、この寒さの中火鉢一つなく、畳一枚につき五人ほどが雑魚寝を強いられるという劣悪な状態であり申した」

しかし、実はこの指定された寺への収監には仕掛けがあったと法秀は書き留めていた。それは寺院を空にし、その間に梵鐘、仏壇、仏具など金目のものを徹底的に略奪しようというものであった。その惨状を門徒から聞くに及び、法秀は厳如に訴え出ることを決心したのだった。

法秀の書状を目で追っていた白華は、富山で起きている合寺令という仏教弾圧が現実的なものとして理解できなかった。確かに、神仏混淆の世の中で、いわば神社を下に見ていた江戸までの寺の在り方に白華は強い憤りを感じていた。しかし、地方に行けば、民衆は家の中心に大きな仏壇を構え、祭りともなれば、地元の社の神を崇め、氏子として神輿も担ぐ。つまり、神と仏は実に見事に同居していたのだ。

厳如は抉るように白華を見つめるとこう言った。

「真宗としては、こんな仏教に対する迫害は看過できまへんやろ。そこで、松本君に現地に赴いてもらい、情況をしっかり検分し、私たちに報告してほしいんや」

門首の一言は、口調は穏やだが、一本芯が通った強い意志が感じられた。白華は初めて、巨大教団を率いる厳如の凄さを垣間見た気がした。

白華は痩せていた。そのせいか頬がこけ、目が深く窪んで見えた。そんな細い目を精一杯大きく見開くと、それを見た厳如の鋭い目線が溶けるように穏やかになった。

「いつ、出立ですか？」

白華がそう尋ねると、厳如は、言下にこう答えた。

「直ちにや」

嚴如の口元がわずかに強張った。白華はこの表情にこそ嚴如の本気を感じた。

白華はいつも嚴如の側(そば)で仕えていたから、嚴如が蝋人形のように表情を変えないことを知っていた。そんな嚴如がいつもは見せない厳しい顔をしている。白華は思わず生唾を飲み込んだ。

「もう一つ、松本君に頼みたいことがある」

嚴如のか細い、女のような声が、なおさら白華を緊張させた。

「はい」

「蜂起や」

「は？」

「この度の富山藩の悪業に黙っていられなかったんやろうな。渡辺師によると、合寺令が出てすぐに一部の真宗門徒が蜂起したらしい。詳しいことは分からんが、何とか大ごとになる前にくい止めたい。なんせ、真宗門徒には一向一揆の血が流れているからなぁ」

「一向一揆……」

白華にとってこの言葉には辛い意味があった。

「一向専念無量寿仏」

阿弥陀仏に一向専念し、必ず絶対の幸福に救われると教えられた釈尊のお言葉である。それにも拘らず、一部の浄土真宗の門徒があたかも戦(いくさ)を専門とする軍人組織のように一向宗を名乗り、時の支配者に戦いを臨んだ。つまり、浄土真宗がすなわち一向宗と同一のものと見做され、粗暴、凶暴でかつ好戦的な宗教と決めつけられたこの歴史に、白華には辛い思いがあったのである。歴史の中で真宗門徒にとって一向宗徒らの一揆を思い起こす度に、白華はため息と一緒に項垂れてしまうのである。そんな白華を見ていた厳如は、

「そう……、それに、一揆はいつの世も厳罰や」と言って唇を歪めた。

「門徒たちを傷つけとうない。松本君、なんとか騒動を収め、犠牲者を出さんようにしてほしいんや」

事の深刻さが門首の潤んだ瞳に出た。

二

明治三年、師走。

鹹(しおは)ゆい海風が松本白華の頬を刺した。

白華は越中、魚津にいた。今、立っている所から海は見えない。ただ、仄白(ほのしろ)い昼の陽が反射して山に向かって流れる縞雲(こううん)は、海が近いことを示していた。

辺りは一面の雪である。時折、冷え切った棘のような風が魚津の街並みを吹き抜け、雪が粉のように舞った。空は晴れているのに、狂ったような風が吹き、雪が巻き上げられ辺りの風景が消える。白華の生まれ育った加賀では、それを「白魔」と呼んだ。白い雪の嵐である。

魚津から内陸に入ると、大山の集落に出る。白華が目指しているのは玉連山（ぎょくれんざん）・真成寺（しんじょうじ）、浄土宗の古刹である。この寺は集落の外れにあった。山門では、褞袍（どてら）を羽織った僧侶が箒で雪を掃いていた。

白華を見つけると「松本さん？」と声を掛けてきた。

「大谷（浄土真宗大谷派）さんのお寺さんから、松本さんちゅう偉い坊さんが訪ねるさかい宜しゅう、と連絡があってのう」

この僧侶が谷川寛真（かんじん）だった。この寺の住職である。

眉間に刻まれた深い皺が山寺の住職の頑固さを現していたが、笑えば好々爺の皺に変わった。

庫裏の仏間に案内され、寛真は火鉢を白華の方へ押した。

「寒かったろう。火鉢を暫く抱えとったらええ」と気を配った。

仏間にあるべき仏壇や仏具、それに仏像もない。明らかに狼藉の挙句、持ち去られたような惨（むご）たらしさがあった。そんな白華の様子を、目を細めて見ていた寛真は合寺令の詳細をこう語った。

「合寺令が出た翌日のことや。この寺の者全員が、富沢町にある浄土宗の来迎寺に集まるよう御達しや。言われた通りにすると、二日ほど留め置かれ、三日目に帰って良いと言われた。戻ってみたら、この有様じゃや。仏壇も仏像はんも、檀家さんから預かっていた茶器や掛け軸など、一切が持ち去られていたんや」

「なるほど……」

白華は合寺令なるものの一端を垣間見た気がした。いわば体のいい略奪……。ただ、それだけではなかった。寛真の口から出たのは「還俗（げんぞく）」という言葉だった。要するに僧籍を自ら放棄し、仏教との関わりを一切断つ。

寛真も還俗を迫られ、百姓でもやれ、と脅迫されたという。

「我が寺には運よく畑がありまして、僧籍は抜くから寺の田んぼはそのままやらせてくれ、と頼んだら、それは良かろう、ということでそのままここに居座ることができた次第で」

寛真は悔しそうに唇を噛んだ。そして、改めて白華を見ると、

「大谷の門首さんから直々の下知やと聞いとったが、随分とお若い」

「三十と一つになりました」

「ほう！　よほど優等なんやちゃ」

寛真の笑顔がこぼれた。

「どちらのお生まれか？」

「加賀は松任の本誓寺です」

「これまた、寒い所じゃ」

白華は「すっかり、温まりました」と、火鉢を戻した。

その時、表の戸が鳴った。

「おお、海野さんがいらした」

白華がまず会いたい真宗の僧侶であった。富山の真宗の寺院を束ね、この度の合寺事件に最も詳しいのが慶順であったからだ。

海野慶順……。

廊下に撓った音が響くと、息を切らして、還暦はとうに過ぎたと思われる老僧が顔を出した。

「すまん、遅れてしもった」

真宗の僧侶は剃髪が義務付けられていない。しかし、慶順は白華と同じように綺麗に頭を剃っていた。

慶順は白華の前に畏まると、呼吸を整えた。

「魚津まで馬車で送ってもらって、そこからいつもの調子で歩いたのだが、思いのほか雪が深く手間取ってしまい申した」

「いやいや。こんな大変な時に遠路ご足労いただき恐縮です」

白華がそう慮ると、慶順は目を細め、薄い笑顔を作った。

「寺は藩兵に見張られ、本堂は壊され、庫裏も使えない有様で客人を迎えるのが如何ともし難い。それで、私の方からこちらにお邪魔した次第じゃ。私の寺は大浦にあって、なぜかこのお寺さんと同じ真成寺と言います。それがご縁で宗派は違うが兄弟のように仲ようさせていただいています」

「そうや、拙僧が弟分」

寛真は声に出して笑った。白華も笑顔を返して正座を改めた。

「この度の合寺の令、私ども真宗の寺にも甚大な災難が降りかかったらしい。看過できないこととして門首、巌如、自ら吟味だてを私に命じた次第でして」

「ほう、ほう」と慶順は梟のように相槌を打ってから白華に訊ねた。

「ところで、門首様はどちらでこの合寺事件を知ったのですかな？」

白華の知る限りでは、渡辺法秀が大雪の中、富山から東京に出て、合寺事件の惨状を綴った書状を携え真宗の門首、巌如に訴え出た、と言うことだった。この書状の元になったのが、谷川寛真が加賀藩に提出した合寺令緩和の願い書であることを知った。

だから、白華はまず寛真を訪ね、詳しく経緯を聞こうと思い立ったのだった。寛真はそこで、白華の訪問に合わせ慶順にも声を掛けたのだった。

寛真が綴った合寺令緩和の願い書は三通あったという。一つは加賀藩藩主宛であった。しかし、仮に願い書が藩に届いたとしても右筆の段階で取り下げられる可能性が高い。もう一通は真宗の渡辺法秀の元に流れた。それに法秀によって加筆されたものが、真宗の門首、巌如上人に届けられ、富山合寺の窮状を知ることになった。そして、もう一通はやはりひどい被害にあった日蓮宗の寺を介して、日蓮宗の大本山、身延山・久遠寺に届けられた。この富山藩合寺令による被害が、これらの書状によって真宗のみならず、全ての宗派に及んでいることが世に知れ渡ることとなったのである。

「それでも、真宗さんが一番、ひどい目に遭うた」寛真の眉間の皺が一層深く刻まれた。

この地域の真宗門徒には一向宗の闘争の体質が深く刻まれていた。お堂が破壊され、梵鐘、仏具は没収。僧侶には還俗(げんぞく)を迫り廃寺に至らしめる。この理不尽な弾圧にここの真宗門徒が大人しく指を咥え黙っているだろうか。

大谷の門首が心を傷めていたのはそこだった。

白華は「ところで……」と声を潜めた。

「真宗の門徒が、この度の合寺令に反発して蜂起した、と聞いたのですが」

慶順の顔色が変わった。

「どこから、そのことを?」

「恵琳寺の渡辺法秀師が、我らが門首にそう話したそうです」

慶順は「なるほど」と頷いた。

ただ、すぐに沈んだ目になって「もう、手遅れかもしれない」と呟いた。

三

海野慶順は白華を同じ大山の集落の外れにある真宗の寺へ案内した。集落を抜けたところで強い焦げた臭いが白華の鼻を突いた。白華は立ち止り、辺りを見回した。雪を被って斑らになった森が迫るが、広々と見えるのは一帯が農地だからだろう。路傍に石碑があって「右　至　浄土真宗　正福山・

妙碧寺」とあった。焦げた臭いはこの参道の奥から漂っていた。

白華の嫌な予感は的中した。山門は焼け落ち、本堂も半分、崩れていた。それもまだそうは時が経っていない様子だった。本堂の扉には「廃寺」という札が乱暴に貼ってあった。

「焼き討ちですか？」

白華が質した。

「合寺令が出た四日後に暴徒がこの寺を襲いました。魚津で最初の焼き討ちです。合寺令が出た翌日には命令通り、仏具や仏壇を合寺先の寺に預けたというのにこの狼藉です。まず、山門や釣鐘堂を焼き、本堂に雪崩れ込むと、ご本尊の木造の阿弥陀如来像を燃やし、そこに書や絵画、掛け軸などを放り込むという有様で」

その時の光景が彷彿と瞼に浮かび、白華は思わず目を閉じた。

なぜ仏を否定するのか？　そう自分に問うた。

仏を厭うのは勝手だが、だからと言って、寺や御本尊を焼き払う道理にはなるまい。怒りが脳で沸騰して、体躯が激しく震えた。

そうだ、この寺の僧侶たちはどうなったのだ？　寺は仏の御心を伝える僧侶がいなくては成り立たないのではないか？

「この寺の住職はどうされました？」

白華は強い口調でそう慶順に質した。慶順の顔が曇った。

「ご住職は還俗を迫られ、氷見（ひみ）のご実家に戻られ、春になったら百姓をされるそうです」

「では、今は無人なのですか?」

慶順は辛そうに顎を引いた。

白華の脳裏に罰当たりという言葉が浮かんで、すぐに浅はかな自分を恥じた。罪などと思わないから、このような暴挙が働けるのだ。真宗を毛嫌いしている輩も少なくないし、日蓮に唾する者もいる。ただ、日本の風土に深くしみ込んだ礼拝の心が抑制に働いて、あからさまに仏を否定することがなかっただけなのだ。ところが、江戸末期になって、僧侶の堕落が世間に知られることとなり、顰蹙を買った。それが信徒の仏教への不信を齎し、不信は信仰という肉塊を傷付けた。傷口は知らぬ間に大きく広がり、そこへ、神道という一途に生きてきた無垢な祈りが流れ込み、さらに化膿を伴って傷口が拡がった。折しも、新政府による神仏分離令が、人々の仏教への鬱積を煽り、箍が外れ、牙を剥いた。

合寺令はそんな仏教の一番弱いところを突いてきたと白華は思った。何より、平穏だった富山の仏教の領域を破壊するにはそれなりの背景があるはずだ。そして、これだけの暴力、弾圧を策謀するには富山藩だけでは何もできまい。もっととんでもなく大きな力が背後で蠢いているはずだ。どんな輩がこの謀略に加担しているのか? 白華はどうしてもそこが知りたかった。

その時だった。真成寺の寺男が息を切らせて慶順のところへ飛んできた。一言二言囁くと、慶順の顔が固まった。

「どこでだ……?」

慶順は白華を遠目で見つめた。

「魚津の長圓寺の刑場」

その一言が白華にもよく聞こえた。

雲が低くなって、風が吹くと、小雪が舞った。舞った雪が風景を遮断し、一瞬、慶順の姿が歪に沈んだ。

「謀反を蜂起した首謀者がこれから処刑されるらしい」

慶順の吃驚(きっきょう)した声だけが雪の中で渦を巻いた。

遅かったのか！　白華は天を仰いだ。

「首謀者は誰ですか？」

「分かりません。とにかく、魚津の刑場に行ってみましょう」

慶順は白華の二の腕を握って急かせた。

四

谷川寛真に別れを告げ、二人は魚津の刑場に向かった。魚津の町屋を抜けると、松煙で炙った黒木壁の城址跡が見えてくる。そこが、かつて魚津城があったところで、徳川家光の時代、元和の一国一城令で廃城になった。その頃の名残の町並みが白華の眼前に拡がっていた。城址跡から南に碁盤目に武家屋敷が並び、遠くに海風を感じる所まで来ると角川(かどかわ)にぶつかる。その一帯を長圓寺と呼び、川縁に刑場があった。元々は穢多(えた)たちが住む穢多村であったと言う。

穢多非人の解放令が発出されたのが明治四年、その三年ほど前に、彼らは逃げるように穢多村を去ったという。それはこの解放令の文言に穢多たちが拘ったからである。

彼らが拘ったのは、「穢多非人ノ称ヲ廃シ身分職業共平民同様トス」にある「職業共平民同様」という一節であった。つまり、穢多が独占し莫大な利潤を得ていた様々な職掌を、新政府によって全て取り上げられてしまうと危惧したからである。穢多村の住民たちはそれを察知し、彼らの資産共々姿を消した。

無人となった穢多村は、明治に入って刑場に変わった。穢多たちの刑罰は絞、即ち絞首刑であった。一方、明治以前の平民たちの形戮は刎、つまり斬首に梟と呼ばれるさらし首が主だった。ところが明治政府は律令に起源を持つ刑法典にある絞首刑に固執した。しかし、懸垂式の絞柱に慣れない縛り首は気道を圧迫するだけで、死亡するまで時間が掛かり、いたずらに受刑者を苦しめた。刑執行後、死体が蘇生するという事例も少なくなく社会問題にさえなったという。その点、穢多村で日常的に行われていた絞首刑は、腕の立つ非人頭が絞縄を巧みに縛り、首の骨を一瞬で骨折させ、実に見事に一発で死に至らしめた。

そこで、散り散りになった穢多村の形戮に関わってきた非人たちが再度集められ、ここでの絞首刑を任せられたという。

長圓寺刑場の冠木門は板塀が朽ちて開いたままになっていた。中の喧騒がさざ波になって白華の耳に届いた。

この寒空にも関わらず、薄手の作務衣姿の髭面の奴僕(ぬぼく)らしき男が出てきて、白華を見詰めると眩しそうに目を細めた。

慶順がその男に訊ねた。

「今日、ここで死刑が執り行われると聞いたが？」

男は「ああ」と喉を鳴らして答えた。

「もう、終わったのか？」

男は首を横に振った。

「まだやが、すでに役人が来ておる。じきだろう」

慶順は目を閉じため息混じりに「間に合ったか」と言った。

長圓寺刑場の中は広い。江戸の時代は真ん中の広場を囲むように一から十までの長屋が並んでいたという。今は廃屋になって人影はない。そこから西にボロボロになった芸旗が棚引いている一角が乞胸(ごうむね)たちの長屋だった所だ。彼らはここで共同生活をしながら、あちこちの縁日やお祭りに出かけ、芸を勧進するのだ。これも江戸の時代の名残で、最近は潮が引くように乞胸たちの姿もどこかに消えていった。

江戸の末期まで穢多村には入母屋の大層立派な役所(やくところ)があったという。頭領の御用場、その隣に警刑吏役所と吟味所があり、中には牢屋と白洲まであったという。ここで、穢多・非人たちのお裁きをするのだ。

穢多村の中には非人小屋があって、死刑囚の処刑を専門とする非人たちが住んでいた。その中で穢多村の長である長吏頭から特別に指名された非人頭は斃(へい)牛馬処理を任されていた。縄張りで牛や馬が死ぬと、飼い主の身分に関りなく穢多に譲渡するのが定めであった。たとえ大名の所有した馬であろうとも、この法を破ることはできない。皮は武具として重宝され、軍需工具作りを穢多村が独占していたのだ。そんな非人たちが住んだ一角も今は広場になっていた。もちろん、斃牛馬処理も役所が引き継ぎ、この莫大な利益を独占することが叶わなくなって久しい。

刑場は木壁に沿うようにあった。白華がそこに近づくと、何かが蠢くようなおどろおどろしさを覚えた。多くの人が集っているのにも拘らず、人々が一言も言葉を発さない不気味さである。

そこに、両腕を太縄で縛られた男の姿があった。目と口は白い布で覆われ、顔の造作まで分からないが、体格から察するに、まだ、若い。せいぜい三十といったところか?

刑場砂場には鳥居の笠木を抜き「貫」だけの形をした絞首台が無造作に建てられていた。絞首台は大人の背丈ほどの台の上に組み立てられていて、死刑囚は六段ほどの階段を登り、絞縄の真下の台座の上に立つ。

教誨師(きょうかいし)として白華は何回もこの形戮に立ち会った。死刑囚たちの死に様も多様だった。最後まで抵抗して、執行人に全身を縛られ突き落とされた者もいた。覚悟を決め、実に穏やかな表情で吊られた者も少なくない。どこの絞首台も同じだったが、ここの刑場は穢多村特有の臭いがあった。饐(す)えた血の悪臭である。恐らく以前は出血を伴う磔刑を頻繁に執行していたのだろうと白華は想像した。

立会いの刑執行役人が絞首台の前に立った。書留を見ながら刑の執行を宣言した。

「加積(かづみ)郷は大沢の塾講師、三郎衛」

塾講師？　百姓ではないのか？

白華はただならぬ因縁を感じ取った。

役人は続けた。

「新政府の定めた法に背き、剰え(あまつさ)農民たちを煽り、一揆に導いた罪は重大な謀反として死罪を申付ける。本日、ここ長圓寺刑場にて絞首刑に処す。以上」

一揆？

白華は一揆という言葉に強い違和感を覚えた。大谷から散々「蜂起」だと聞かされてきた。しかし、この地では一揆として扱われているのだ。つまり、新政府に謀反し死をもって償わなくてはならない不届き者……。

本来、農民たち平民は定められた刑場で刑戮に処された。富山藩では浦野組夫神村(くみふしんそん)（今の青木村）の山の北斜面が刑場だった。一揆の首謀者たちの多くはここで形戮に処された。竹柵で囲われただけの広場で、外から誰でもその様子を見ることができた。

一方、穢多たちは平民の刑場ではなく必ず穢多村の中で処刑された。幕府から与えられた独自の法規があったからだ。

それに長圓寺の穢多村は穢多の領地であった。平民はもちろん、武士でも簡単には入ることが許されず、一部の商人と神官、そして僧侶は例外として入ることが許されたものであった。しかし、解放令で穢多という身分そのものがなくなり、罪人は全てここで形戮に処されることが原則となった。しかし、未だ平民と穢多との身分の差別意識が色濃く残っていた魚津では、平民の死刑囚はここで処刑されることを拒んだという。

白華はその不可思議に首を傾げた。三郎衛という男が元穢多村で処刑されるということは、穢多びとであるのか。しかし、穢多びとが一揆を首謀するというのはあまり聞いたことがない。穢多びとは特殊な職掌に就いており、平民との接点がそもそも少ない。一揆とはかけ離れた立ち位置にいるのだ。しかし、この時代になって、穢多も非人も平民と同じ職掌に進出していた。だから、この男が塾の教師として一揆を扇動した、ということは考えられなくもなかった。

三郎衛は背中を押されるように絞首台の階段を登った。台の上に立つと三人の刑執行人の非人たちが絞縄の輪に首を押さえつけ通した。そして、頚動脈の位置を確認すると縄のタルミを締めた。縄が首筋に深く食い込んだ。

次の瞬間、台座の足元の板がカタと音を立てて開いた。ブルルンと音を立てて三郎衛の体が勢いよく落ちた。三郎衛の首が直角に曲がった。

吊り縄が鳶の非人によって外されると、一瞬、櫓がグラリとして三郎衛の体がまるで天界を飛ぶ天女のようにふわ、と浮いた。

莫蓙の上に寝かされた三郎衛の遺体から非人が白の覆い布を剥ぐと、三郎衛の穏やかな死に顔が現れた。

死に顔からも実直な性格がうかがい知れた。

周囲には多くの真宗の袈裟を着た僧侶がいた。皆、目を潤ませ、三郎衛の遺体に向かって念仏を唱えていた。

少し離れた所にそんな様子をじっと見詰める男たちがいた。白華はその男たちが気になって、慶順に訊ねた。

「あちらにいる方々、どなたですか？」

慶順は困った顔を作って口を噤んだ。どうやら、慶順はその男たちを知っている様子だった。それも目元を強張らせ、露骨に嫌悪したように唇を歪めた。それは他の真宗の僧侶たちも同じだった。僧侶たちと男たちの間に暴力的な視線の放電があった。

ここは形戮の場だ。あの残虐な絞首を見させられれば誰でも厳しい顔になるだろう。それにしても真宗の僧侶たちの目は険し過ぎた。今にも飛びかかって、殴り合いを始める勢いだった。僧侶たちと対峙していた男たちは明治になって、役人を中心に流行り始めた西洋のオーバーコートという毛の外衣を着ていた。不気味なまでに深い涅色(くろいろ)だった。その中に周りを圧倒する存在感を持った男が真宗の僧侶たちを睨み返していたのだ。どうやら、真宗の僧侶たちの忿怒(ふんぬ)の眼差しはその男に集中しているように白華には窺えた。山高帽を深く被っていて顔の造作までは分からないが薄笑いを浮かべた唇が白華でさえ不快に映った。

その時、若い真宗の僧侶が「くそ！」と声を荒げ飛び出そうとした。慌てて仲間の僧侶たちが止めた。

「三郎衛さんの仇をとって、俺も死ぬ！」

「馬鹿言うんじゃない！　そんなことをしたら三郎衛さんの死が無駄になる！」

若い僧侶は憚ることもなく泣きじゃくり天を仰いだ。他の僧侶たちも両手で顔を覆った。そして、僧侶たちの目線がゆっくりと揺れて、それが一人の女僧侶に注がれた。

女の僧侶は、下唇を巻き込むように噛み、慟哭に体躯を震わせていた。

面長の真っ白な顔に細筆で梳いたような目は、どこか薄幸が漂っていた。

「もし……」

白華が遠慮気味に声を掛けると、女僧侶の尖った瞳が白華を射した。

「失礼。松本白華と言います。恐らく同じ真宗の……」

「松本師！　あの著名な大谷の？　なんでこな所へ？」

周りにいた僧侶たちが驚きの声をあげた。

その時、女の目が寛解して、優しさになると、

「はい、三浦依乗と申します。白華様と同じ大谷の」と言った。

依乗と名乗った僧は白華の銀が混ざった翠緑の袈裟を観て、眩しそうに目を細めた。

「ところで、このご遺体とは？」

依乗は肩を窄めるようにして「私の旦那様……」と答えた。

白華の喉が思わず鳴った。

「そ、そうですか。それはさぞ……。お悔やみ申し上げます」

白華は手を合わせ「南無阿弥陀仏」と唱えた。

依乗は白華を見つめ、暗涙に耐えている様子だった。

「魚津ではまだ江戸の頃の穢多びと慣習が残っています。穢多びとが形戮に下ると、動物たちを捌く砂場で焼かれ、そのまま海に流されます。遺灰の埋まった墓を作ることも叶わず、いわんや遺体を土に返すことも……」

ついに、依乗の目に涙が溢れた。

「この方の形見に手を合わせることも、阿弥陀経を唱えることも」

そう言って依乗は両手を白華の前に差し出した。

「この手の先が覚えているこの方の肌の温もりと、いつも人として生きてゆく道を諭したあの穏やかな声だけを思い出に、ずっと生き続けなければなりません」

依乗の涙声が嗄れた。

「ところで、こんな時に卑陋なことを伺い、恐縮ですが、今回の三郎衛さんの蜂起について、お訊ねしたいことがあります」

白華がそう言うと、真宗の僧侶たちがざわついた。何かに辟ろぐように体躯を引いた。

「門首様直々のお改めやろうか？」

僧侶たちのそんな期待と不安が交差するささめきが聞こえた。

依乗は躊躇することなく「構いません」と答えた。

慶順が慮った口調で言った。

「真宗のお寺はんは藩兵が厳しく取り締まっておる。ほかの寺も安泰ではないが、多少はましだ。谷川住職の真成寺に戻りましょう」

「かたじけない」

白華が礼を言うと、依乗が「いえ」と強く拒否した。

「どうされました？」

「是非、私どもの寺においでくださいまし」

意思のはっきりとした声だった。

五

三浦依乗の寺は加積にあった。魚津の町屋からだと南へ馬車で半刻（小一時間）の距離である。中新川郷の町並みを越え、立山の山塊が迫る小さな集落の外れに寺はあった。

小ぶりな山門には「浄土真宗　鹿王山　常立寺」とある。

山門の扉は閉じられていて「廃寺」の札が掲げられていた。

慶順が慮るように訊ねた。

「この寺も焼き討ちに？」

「まだ、焦げた臭いが消えません」

依乗は山門の煤を払いながら言った。

境内にはその時の狼藉の跡があちこちに残っていた。鐘撞堂は完全に焼け落ちていた。もちろん、梵鐘はない。この鐘撞堂の大きさから察するに、かなりの重量の梵鐘があったはずだ。それが見事に消え去っている。

「ご本堂は焼かれずに済んだのですね？」

本堂には焼けた跡がなかったことから、白華はそう訊ねた。すると、依乗は駆け上がるように本堂に登ると、向拝正面の襖を開いた。白華ははっと仰け反った。外陣の畳が夥しい泥の足跡で埋め尽くされていたのだ。さらに、本尊を安置する台だけを残し、内陣の仏像、仏壇、仏具は一切が持ち去られていた。

「これはひどい……」

あまりの惨状に唖然とする白華だったが、ふと、親鸞聖人の歎異抄にある「悪をおそれざるは、また本願ぼこりとて往生かなふべからず」という「本願誇（ほんがんほこり）」のお言葉を思い浮かべた。これは、阿弥陀仏の本願は絶対であるから何をしても救われるとして、本願にあまえ、勝手きままにふるまうことが、真宗が異端の一つの原因とされている。白華はこの言葉の背景にある悪人正機（あくにんしょうき）について、その意味をどう正しく門徒に説教して良いのか、いつもここで足踏みをしてしまうのであった。真宗の僧侶は「悪人こそが阿弥陀仏の本願による救済の受けるべき素質」があり、これこそ真宗の本義であると門徒に説く。この本来の意味は「すべての衆生は、末法濁世を生きる煩悩具足の凡夫たる『悪人』である。よって自分が『悪人』であることに目覚（めざめ）た者こそ、阿弥陀仏の救済の対象である」としている。真面目に寺に通い、僧侶の法話に耳を傾け、正しく真宗の教えを知ろうとする門徒はこの意味をそう理解しているが、都合よく解釈し、好き勝手に悪業に走り、門徒を名乗り、阿弥陀の赦しを得ていると嘯(うそぶ)く輩も少なくない。そう考えれば、寺を破壊し、仏具を略奪するいかなる悪党も真宗の元では許され、救われることになる。むしろ、悪業を奨めている宗教と取り違われてもおかしくないではないか。実際、真宗を正しく理解していない門徒の中にはあえて悪事を働く「造悪無碍(むげ)」の思想に走る者も絶えることはなかった。この思想には悪業が往生の障りとはならないから、悪業を控える必要はないとする考え方が背景にあった。今、富山で起きている現実を見つめると、正に造悪無碍の地獄を見ているようだと白華は感じたのだ。

依乗は二人を庫裡に案内した。

「庫裏だけはかろうじて助かりました」

依乗が囁くように言った。

仏間に通されると、火鉢の向こうに人影があった。

「義父(ちち)です。三郎衛さんのお父様」

三郎衛が穢多びとだとすると、この僧衣を纏った老人も穢多びととなる。白華は穢多びとが僧侶になった例を知らない。浄土真宗の教えは平等である。つまり、生まれや家柄、生業(なりわい)では差別しない。だから、穢多びとであろうとも、求められれば僧籍を得られるはずであった。しかし、穢多びとは幕府から特別の利権を持つ職掌を独占していたので、それが世間に対する斟酌(しんしゃく)となり、平民との接触を敢えて控えてきた。彼らは頑丈な塀で囲まれた、まるで平城のような所で集団生活をし、独自の文化と習慣を持ち、彼らしか知り得ない価値観で生きてきた。それは人いける者全てを救おうとする浄土真宗の考え方とは相入れないものがあったのもまた事実だった。祭事では独自の神を崇め、葬儀には真宗の僧侶が呼ばれることがあっても、穢多びとが寺院に出向くことはなかったのだ。

依乗は義父に近づき、膝を落とした。

「お義父様……」

老人は目脂のこびり付いた目を精一杯大きく開くと、首肯いた。

「見送ってまいりました。見事な最期でした」

依乗の声が震えた。

「そうか……」

老人は天を仰いだ。枯れた老醜な声だった。

「どなたかいらしておるのか？」

「東本願寺様から松本白華師が。それに真成寺の海野慶順和尚もご一緒です」

「そうか、こな田舎の寺にようぞいらしていただいた。ありがとございます。私ちゃ依乗の亭主やった三郎衛の父、三浦智教と申します」

智教は目が不自由らしく、探るようにして火鉢に触れた。

白華が膝ひとつ前に出た。

「私、松本白華と申します。大谷の元で働いております。この度の災厄、大谷がいたく心配され、実情を見聞し報告せよとの下命を賜り、お邪魔をいたしております」

智教は白華の一言一言を飲み込むように扇子を前に掲げて「そうですか……」と返した。

「早速ですが、二つほどお聞きしたいことがあります」

白華のよく通る、低い声が場を緊張させた。

「一つは、この度の富山藩の合寺令、その被害の実態を知りたい。このお寺も被害にあったようです。それをつぶさに見聞したいこと」

白華は一度、座り直して、膝を前に寄せた。

智教は「難儀なことでしょうが、是非ともこの惨状を見ていただき、門首様にお伝えいただきたい」とはっきりとした口調で答えた。

「ところで智教様には還俗の達しはなかったのですか？」

つまり、僧籍を抜くことを強要されなかったのか、という質問である。智教も藩兵たちに厳しく還俗を迫られたが、その時こう言い放ったという。

「既にご本尊は燃やされ、仏具は没収。破壊され山門には『廃寺』の札が掲げられておる。魂を抜かれた寺はよもや寺ではなく、そこにお仕えする坊主は坊主にならず。ただの老人にすぎない。剰(あまつさ)え僧衣は寒さをしのぐ布の塊にすぎず、数珠を鳴らして祈ることも叶わぬこととなり。これ以上、我々から何を奪うというのか！」

この大喝にさすがの藩兵もたじろぎ、黙って引き上げていったという。結局、智教と依乗は還俗を留保され、寺に住み続けることを許された。但し、法事や葬式などを取り仕切ることは厳重に慎むように命じられた。

白華がもう一つ知りたかったのは、三郎衛が首謀者とされるこの度の蜂起の理由（わけ）だった。白華は智教にこう質した。

「依乗さんのご主人の形戮の場に私も立ち会いました。何故（なにゆえ）の蜂起だったのでしょう？」

智教は呆けたように口を半開きにして「なにゆえの蜂起とおっしゃったか？」と逆に訊ねた。

「ええ、この地は一向宗徒の一揆が絶えなかった。そのような風土があったと聞いております。しかし、一揆の目的は厳しい年貢の取り立て、あるいは理不尽な裁きなど理に適った抗議とくみ取っております」

合寺令による真宗寺院への厳しい弾圧が一因で一揆に発展したのか？　そこを白華は知りたかったのだ。

智教は躄（いざり）のように両手で辺りを探る所作をした。

「ご覧の通り、拙僧は瞽（めしい）でござる。見たわけではござらぬが、巷の噂では倅の三郎衛が一揆を先導したと呑み込んでおります。一揆の首謀者は昔から死刑ですからな」

智教の声がわずかに震えた。

白華と智教のやり取りを聞いていた依乗は、一呼吸おいて絞り出すような声で「最初に申し上げたいことは……」と語り始めた。それは唐突であった。

「ここ、富山の地で何故合寺という暴挙が許されたのか、その背景をお話ししなくてはなりません」

依乗の鋭い視線に潤んだ瞳が重なった。

「富山の人々が合寺による寺院への迫害に対して、あからさまに藩に対して刃向かうことがなかったのは、目に余る僧侶の堕落があったからです」

僧侶の堕落……。

白華には耳の痛い言葉だった。確かに、一部の僧侶の放蕩ぶりは目に余った。僧侶の魚肉食は今や日常であり、女犯に至っては俗界より質(たち)が悪かった。日々の修行を怠り、町屋の女郎が屯する茶屋に入り浸り、それを多くの人々が目撃し眉を顰めた。尊(みこと)くべき仏域に女子を連れ込み、朝っぱらから裸で境内をうろつき、檀家組合に訴えられた僧侶もいた。

依乗は富山藩のとある醜聞を暴露した。それは「公帖(こうじょう)の発兌(はっだ)騒動」という不埒な事件だった。

公帖というのは禅宗の僧侶の職位の特命任命書をいう。昔から、禅宗五山の公帖は加賀藩を介して支藩の富山藩へ下ろされていた。然るべき本山で修行し職位に相応しいと認められれば、加賀藩からそれが発行された。それを発兌(はっだ)といった。

「ところが、公帖を不正に手に入れる僧侶が続出しました」

依乗は続けた。

「城下でも名刹として知られた禅宗の寺の副住職が京都の本山で修行することもなく、金銭で役事を買いこの公帖を手に入れ住職になろうとした。檀家たちは反対したが、僧侶としての格は公帖に示されたの方がはるかに高い。お構えなしに住職を追い出しました」

白華の隣にいた慶順が納得したように頷く。どうやら、この辺りでは良く知られたことらしい。智教が梵唄(ぼんばい)を称えるように声を絞った。

「僧たるもの三衣に多少の儲(そえ)なく、持粛戒行にあって然るべきなところ」

僧侶ならだれでも知っているこの一節は、徳川家康が僧侶の堕落を慨(なげ)いた「古老諸談」の一文である。

「酒を飲み、美食を求め、徳なき僧さえ錦繍を座具に用い、夫なき女を尼となして住まわせる」

「家康公のお言葉ですね」

白華がそう質すと、依乗が「邪僧そのものでした」と答えた。

人徳が高く、檀家からも慕われていた住職をこの僧侶は、末寺に追い出した。それどころか、夫に先立たれた檀家の後家を尼と称して寺に住まわせ、贅沢三昧をさせていたと言う。それが表沙汰になって一部の檀家が立ち上がり、富山藩の大参事となったばかりの林太仲(たちゅう)に訴え出た。ところが、本来ならば、寺の不祥事を戒め、英断を持ってこの悪僧を退治すべき立場の林太仲が、それを逆手にとったのだと依乗は苦々しく言った。

「林太仲はこの破戒僧の行いをいいことに、富山の仏教界全てが堕落しているかの如く喧伝し、合寺を正当化しようとしたのです」

それが仏教を凋落せしめる合寺につながった、というのだ。

「それだけではありません」

依乗が声を荒げた。

「どういうことですか？」

「神仏分離令が出ると、林太仲は神道の一派と組んで毀釈の果報行を進めました」

毀釈の果報行……？

初めて聞く言葉だった。依乗はその意味をこう説明した。

昔からこの地には果報行者と呼ばれる神道の修験者がいたという。「果報」とは元々は仏教の言葉で、前世での業を現世で受けること、と理解されてきた。ところが、彼らにとって仏教に帰依したこと、仏像に手を合わせること、つまり仏教の行いの全てが「業」だと勝手に解釈した。そこで、仏教の業による現世での報いを、神道の修行によって払拭し、利運を得るというのが果報行者の本懐だというのだ。そして、仏を廃し、毀釈することこそが修行であり、果報であるとした一派を特に「毀釈の果報行者」と呼んだというのだ。

依乗は苦々しく口を尖らすと、

「彼らは、まるで狙い撃ちにするように寺を襲い、本尊を焼き払い、寺宝に加え、梵鐘、高価な仏具も奪い去りました」

依乗は乾燥した唇を二度三度舐めると、

「寺に侵入して狼藉を働く時、必ず大声でこう怒鳴りました」と叫ぶように言った。

「そらみつ大神の在わす大和の国に、仏教なるものが、手前勝手に進駐し、あらんことか皇神を騙し邪教を広めおった！」

そう叫ぶと、彼らは僧侶の堕落を累々訴えたのだ。

そんな僧侶の堕落が、一層、毀釈果報行者を勢い付ける結果になったと言うのだ。

しかし、依乗の話を聞いていて、白華は何かがおかしいと感じた。それは、毀釈果報行者を名乗る連中が本物の宗教上の原理主義者だとすれば、異教の教えを象徴する石像、木像、お堂、鐘や太鼓に至るまで嫌悪するものだ。それらを破壊しようとする異教に対する憎しみはありうることだが、持ち攫って身近に置くことなどあり得ることなのだろうか？　白華はそこに疑問を禁じ得なかった。つまり、宗教家としての白華には毀釈果報行者らの品性あるいは宗教に対する畏敬が全く感じられなかったのだ。彼らの行動はならず者の略奪者としか映らない卑しさがあった。

白華には、もう一つ気になることがあった。それは合寺令と毀釈果報行者との関係である。合寺令は富山藩による布令であり、その要旨は一宗を一カ寺に合併、すなわち合寺せよという命令であったはずである。ところがこの布令には「家財、法具を取り払って指定の場所に合寺させること」と言う文面が明記されていた。

つまり、ただ単に増えすぎた寺を合併するだけではなく、寺の財宝を略奪することが、あたかも合法であるか如く布令には記載されていたのであった。そして、その略奪を身元もいい加減な毀釈果報行者を名乗る者たちが執行したとすれば、藩をもってして窃盗を正当化することに他ならないのではないか？　白華は明治維新を、身をもって体験した。そして、神仏分離令を経て、仏教の恐ろしいまでの凋落も。全国で吹きまくる廃仏毀釈の嵐も目の当たりにした。門徒たちからその窮状が絶え間なく白華の元に届いた。

鹿児島からも、宮崎からも……。

その事実として、これらの藩では、一寺残らず廃仏毀釈の餌食になったのだ。

その時、白華はふと山科本願寺のことが思いをよぎった。この蓮如が創建した寺院は実は天文元年（一五三二年）、法華宗徒によって焼き討ちに遭い滅びたという歴史があった。同じ仏教徒の手によって滅亡したこの寺は、創建当時としては圧倒的な城郭機能を持った平城の戦うための寺であったという。つまり、浄土真宗ですら、自らを武装し、寺内町として寺と門徒たちを防衛し、時の為政者と対峙していたのだ。

白華は再び「一向一揆」という言葉が頭をよぎり、そして、それに山科本願寺が重なった。悪人正機を掲げながら、戦いを誇り、悪行を冷罵する自分がもののけの如く醜く映った。そんな真宗の真実の歴史を考えると、白華は折伏して項垂るしかなかったのであった。

六

智教は不自由な目を精一杯開いて「あれをお見せしなさい」と言った。

風が出て、雪を交えた木枯らしが板塀を叩いた。

依乗が折り畳まれた布地を智教の前に置いた。それは色褪せた粗末な木綿の肩衣だった。

智教はそれを羽織ると両手を合わせ、喉を閉じるように唸った。

「ウブスナカミノ　オホマヘニ　ヤスキヲコヒノリマヲスノリト、コノサトヲ　スベマモリタマフウブスナカミノオホカミノ……ヲガミタテマツル」

白華にはその詠の意味が分からない。キョトンとしていると「これは役人たちが我々、真宗の門徒に強要した祈祷文や」と智教が言った。

「ここで、産土神に請えろちゅうのは、現世の利益を忌み嫌う真宗の教義に反することや！」穏やかな智教が珍しく声を荒げた。

合寺が発令されたのが、二ヶ月ほど前の十月二十七日。林大仲の腹心の権少属の原弘三という役人が、発令の前日に城下の主だった寺の僧侶を富山城の二の丸に集めた。総勢、二百人を超えたという。原弘三は四十を少し回ったくらいの醜い齧歯が目立つ大男だった。長い間、藩の中枢にいただけに、周囲を圧する貫禄があった。

その席で原はこう言い放ったという。

「仏教はお前らが先祖代々信じてきたのだから、家でお題目を申すのは、おお目に見てやるとしても、天子様のほんとうの御思召は、敬神崇祖にある。だから、朝夕の御つとめとして、ゆめゆめ怠ることなくこの祈祷文を読め」

智教は最初、原の言っている意味が分からなかったという。周りのざわめきも目の不自由な智教を不安にさせた。しばらくして肩衣が配られ、祈祷文を誦える時は、これを着し、天子様が居られる皇居に向かって両手を胸の前で合わせ、大声で称えよ、と言われたというのだ。

その後、原は部下十数人を率いて、真宗門徒が多い集落に出向き、村人たちを集め、天子様の御思召を触れまわった。

真宗の寺に陣取った原は、仏像は穢らわしいとばかりに唾を吐く所作をして、本堂の正面の障子をぴっちりと閉めきった。その前に涼み台を持ってこさせ、台の上に立つと萌黄の神官服を見せびらかすように両手を腰において居丈高に振る舞った。そして、この祈祷文を朝夕称えるよう命令したのだ。

「それどころか！」

依乗が声を震わせた。

「原は、藩政改革のための費用だからといって、村内の農家を一軒一軒廻って、頼母子講の金をとりたてて歩いたのです」

「頼母子講？」

白華が訝しげに訊ねると、智教が答えた。

「頼母子講ちゅうのは、真宗の門徒の銭の融通組合や。皆で銭を出し合い、それを元手に貸し借りをする。昔からの真宗の相互扶助やな」

「それを原という役人は拠出せよと命じたのですか？」

依乗は醒めた目で首肯いた。

「それは、ひどいな……」白華は思わず唇を嚙んだ。想像を超えていた。これは、仏教徒と天皇を頂とする神道一派との宗教戦争ではないか？　確かに神仏が習合していた時代は別当と称する寺が神社を支配していた。それが日本の宗教の支配構造の原点だった。戸籍を管理し、通行手形も寺院が発行した。

明治になって、政府が真っ先に手をつけたのが神仏分離令だった。これによって寺院による神社の支配が終焉を迎えた。神社にとって積年の恨みを晴らす絶好の機会が訪れたのだ。

お墨付きをもらった神道は今まで安泰を謳歌してきた仏教に牙を剥いたというのか？

しかし、ふと、本当にそうなのだろうか？　という疑問が沸々と湧き上がった。白華は多くの神道の神職の友人がいた。時折、集まって宗教談義に花を咲かせたものだ。神職たちは皆、穏やかで教養にあふれていた。彼らが祈るのは神話の時代から日本に御座(おわ)す神々であり、仏教は遥か印度や西藏(ちべっと)の異国の神々である。しかし、祈る神々の違いが闘いに発展することはなかった。むしろ、お互いを理解し、分かり合える関係をずっと続けてきた。

そう思いを巡らしていると、ふと白華の脳裏に「策謀」という言葉が浮かんだ。

何か大きい裏がある。それも国家が絡む……。

その時、依乗が「私は……」とまで言いかけて、何かに躊躇するように黙ってしまった。智教は依乗の言いたいことを悟ってか「良いのか？　お前の面恥(つらはじ)を曝すことになるぞ」と慮った。

「大丈夫よ」

依乗は正座を直した。

合寺令が出る二日前の朝早く、依乗は原弘三から城内の参事の公舎に呼ばれた。なぜか一人で来いと言われたという。

原は権少属が詰める小さな部屋にいた。依乗を頭の先から足元まで舐めるように見ると「お前はつくづく坊主なぞにはもったいない、良き女子（おなご）じゃ」と鄙陋（ひろう）な目で見たという。

「お前にだけ、大参事様が下した御令を言うといてあげよう。同じことが明後日には全ての寺に下される」

原はわざとらしく声を潜めて言った。

「大体においてだ、寺院ちゅう所ちゃ、葬式を執り行うべき場所であって、坊主はその取扱人にしか過ぎん」

「え？」

依乗は自分の耳を疑った。この原という役人でさえ、浄土真宗の寺に生まれ、儒教に感化されるまでは本願寺派の僧侶であったはずだ。そんな原から信じがたい言葉が出たのだ。

「何、坊主なんてそんなものやてと言うただけや。ところがだ、当領内ちゃ人がそう多うはないのにも拘らず寺が多過ぎる。坊主なぞ、田畑を耕すわけでものうて、布を織ることもせん。浄財と称して百姓から金銭をたかり、何も産することものうて、遊んで暮らしとる。挙句、修行を怠り、ついでに念仏をとなえ、百姓たちに媚を売る輩じゃ。お上にとって糞ほどの役にも立たん。そこで大参事殿はある決断を下した」

原はそこまで一気に語ると、一息いれるように小さなため息をついた。

「……そこでだな」

　原は上唇を舐めた。

「領内の寺院を合併することにした」

「合併？」

「そうだ、千を超える膨大な数の寺など、天皇陛下の臣民としての勤めには不要じゃ。そー、七つに合寺し、坊主ちゃ還俗(げんぞく)し、天皇陛下の為に尽くす」

「そ、そんな……」

　原は満足そうに鼻をあげ、含み笑いを浮かべた。

「七つの寺にはそれぞれ坊主を十名ずつ配置する。合わせて七十名やな。そいつらは還俗しなくて良いことになる」

　そう言うと、原は人差し指を曲げた。

「七つの寺というのは、臨済宗、曹洞宗、天台宗、真言宗、法華宗と日蓮宗は二つで一つと数える。信徒の少ない時宗は浄土宗と合わせて一つ。それにお前らの真宗じゃな。信徒の数は関係ない。その他の寺は全て廃寺じゃ」

　原はまた、卑猥な笑い皺を作った。

「この七十名の坊主の人選は全て、このわしに任されている」

　原は勝ち誇ったように言った。依乗は女僧であり、それにまだ若い。上にいくらでも智徳を積んだ高僧がいる。この十名に含まれることはまず無い。ところが原は思いがけないことを言った。

「お前をその十名の中に入れることも私なら容易い」

「え？」

「何、どうということもない。私はこれから富山藩中の寺や字を廻ってこの命令を周知させなくてはならない。そこでだ、お前には同行してもらい、私の身の回りの世話をしてもらうだけだ」

依乗はすぐに原の魂胆が読めた。要するに、自分の女になれ、ということなのだ。

依乗は背筋が凍って、身震いがした。

原はまた含み笑いを作った。

「依乗は真宗で得度したのよな？」

依乗は不貞った顔で返した。

「真宗は、得度した女僧侶が穢多の男の嫁に入ることを許しておるのか？」

許すも許さないも、そもそも真宗は差別をしない。どのような出であれ、あるいは賎民であろうとも平等に扱った。いわんや、真宗門徒同士であれば、婚姻など問題になるはずもなかった。ところが原は、こう言ったのだ。

「真宗は卑しい出の者と平然と婚姻をし、それが正義だと言い張る愚かな宗教じゃ。この度の合寺に際し、どの宗派から合寺令を徹底するか悩んでおったところじゃが、これで決まった」

原の目が獣に光った。

「これはきついぞ。そもそも、毀釈果報行者は真宗を毛嫌いしておるし気も荒い。お前たちの寺を焼き討ちし、命までは取らんが、二度と、その地で法事はおろか、葬式さえ執り行えぬようにしてやる」

依乗は目を閉じた。次に発せられる原の言葉がすでに読めたのだ。俺の言うことを聞けば、手加減をしてやる……。

白華の唇が怒りで震えた。

「それで、どうされた？」

「その場はなんとか繕い、寺に戻り、三郎衛さんにそのことを話しました」

「ご主人はなんと？」

「しばらく黙っていましたが、私を見つめるとこう言いました。いいか、早まったことをするのではないぞ」

「早まったこと？」白華の眉間が強張った。

七

松本白華は加積の常立寺を辞し、慶順とはここで別れ、依乗の案内で富山の城下に向かった。城下のある寺に案内したいと言う。

もう、だいぶ陽が傾いていた。

富山の城下に入ると、町屋の瓦屋根越しに雪を冠った象牙色に沈んだ立山の山々が迫って見えた。

大手町を抜けて越前町の問屋街に入るとすぐに開源寺はあった。門扉には「廃寺」と書かれた札が無造作に貼り付けてあった。依乗が扉を叩くとすぐに高齢の女の僧侶が出てきた。

「依乗！」

その僧侶は依乗を抱きかかえた。

「さそがし、辛かったろう！」

僧侶の咽ぶような悲嘆が境内に響いた。依乗は口元を抑え、天を仰いだ。

「私は大丈夫よ。慈妙様」

慈妙と呼ばれた女僧侶は泣き腫らした目で依乗を見つめた。

「お前は強い子だから、気丈にしていられるけど、私にはお前の苦しさが痛いほど良く分かる」

慈妙は涙を拭った。

山門に立っている白華に気がつくと慈妙は訝しげに「どなた？」と訊ねた。

「東本願寺から遣われた松本白華様。門首様直々のご下命で、あの事件の御取調べに」

慈妙は「まぁ」と目を剥いた。

「慈妙様は、私の叔母。亡くなった母の姉」

依乗はそう慈妙を紹介した。

「依乗は両親を早く亡くしてねぇ。私が母親がわりに育てましたのよ」

慈妙の硬い表情がわずかに解れた。

「二十年ほど前、高岡の近郊で虎狼狸（コレラ）が流行りました。お父上は医師で僧侶でしたので、依乗の両親二人で医療奉仕に出かけ、そこで自らが伝染してしてしまって……」

「亡くなってしまったのですか？」

慈妙は潤んだ目で頷いた。

「依乗はまだ十にも届かない子供でした。わが庵に引き取り、立派に育ってくれました。でも、両親を亡くし、今度は愛する夫がこんなことに……」


慈妙は二人を仏間に案内すると「三郎衛さんの冥福をお祈りしましょう」と生地が擦れるような掠れた声で言った。この寺も大谷だが、仏壇は質素で、金箔もごく控えめだった。白華が目を細めて仏壇を見ていると、慈妙が話しかけた。

「こんな金にもならない仏壇だから、お陰様で暴徒に襲われずに済んだのでしょうか？」

そう慈妙は笑った。

「この寺には鐘楼もないし、本当に盗むものもないわよね」

そう自虐的に笑う慈妙だったが、どこか心の底で滾る怒りのようなものを白華は感じ取った。その怒りこそ僧侶としての尊厳の一番傷付きやすいところを攻めてきたからだ。足軽以下の藩兵ごときに罵声を浴びて恫喝された挙句、還俗を迫られたことがよほど耐えられないほど辛い思いだったろう。その時の慈妙の悔しさが白華には良く分かるのだ。

開源寺の仏間に通されると、慈妙の後ろに二人が座した。慈妙が音頭を取った。

「もろもろの雑行雑修自力のこころをふりすてて、一心に阿弥陀如来、われらが今度の一大事の後生、御たすけ候へとたのみまうして候ふ」

深く頭を垂れると慈妙が「それでは、重誓偈を賜ります」と言った。

「がごんちょうせがん　ひっしむじょうどう……」

法蔵菩薩が四十八の願いを説かれたという偈文の冒頭が慈妙によって唱えられた。続いて、白華と依乗が加わった。

「しがんふまんぞく　せいふじょうしょうがく」

三人の真宗の僧侶による声明が狭い仏間に轟いた。手を合わせる依乗の目に涙が溢れ出た。声明は天井を超え、屋根を突き抜けるようにして天空で散った。三朗衛の魂がそこに吸い込まれた。

翌朝、まだ、夜も開けぬ早朝に三人は晨朝勤行のため本堂に集まった。真宗の僧侶の朝のお勤めである。高僧である白華の音頭で「正信偈」が読み上げられた。

「朝早くから親鸞聖人の信仰告白を腹から読み上げると、一日が爽やかに感じられます」

白華はそう言って慈妙と依乗に両手を合わせた。二人は深く畏み「ありがとうございました」と答えた。

「ところで……」

白華があらたまった。

「富山城下で起きた蜂起について、もう少し詳しく知りたいのですが」

白華の一言に慈妙が目を大きく開いた。

「その件で、ご案内したい所があります」

「どんな所です?」

「見ていただければ……」

八

やっと陽が昇ってきて、城下の街並みが長い影の中に陽炎のように浮かんだ。

富山城から中野新町に入ると、この辺りは寺町で、山門の軒が連なって見えた。遠目にも山門が破壊されているのが分かる。ここ一帯も暴徒の犠牲になったのだろう、どの寺の門にも「廃寺」と書かれた札が老人の母斑(あざ)のように映った。

慈妙は寺町を抜け古い武家屋敷が並ぶ一角を曲がった。そこから先は森で、常緑樹が生い茂る。しばらく歩くと、伐採されたのか、そこだけ木がない。それは随分広い空間で、樹木にすれば、千本か、いやそれ以上の木が根こそぎ切られていた。

切り口からして、どうやら、ここは竹林だったらしい。

「竹ですね。随分の数が切られていますね?」

白華がそう質すと、慈妙が悲しみを背負うように膝を畳んで、竹の切り口に触れた。

「これらは全て、真宗の門徒が切り出しました」

「真宗の門徒が？　何のために？」

「竹槍に供するためです」

竹槍と聞いて白華の脳裏を掠めたのは一揆という言葉だった。

一揆はいつの世でも藩への重大な謀反だ。首謀者は捕縛され、処刑される。そんな犠牲を払ってまで蜂起に突き動かした原因は何だろう？　白華の疑問はそこにあった。合寺令への抵抗か？　はたまた真宗寺院への目に余る破壊行為か？　あるいは神道への恨み、復讐……？

それらは全て蜂起の理由にはなる。

しかし、逆にそれだけで門徒たちが命を懸けてまで蜂起を起こすものだろうか？

それに……。

廃仏毀釈の憂き目に遭ったのは真宗寺院だけではない。日蓮の寺も密教の寺も、藩に擁護されてきた禅寺でさえ遭ってきた。それなら、仏教徒が結託して抗議の狼煙をあげるべきだろう。

神道への怨みだったら、一揆ではなく直接神社に対して抵抗の意思を示せばよいのだが、富山藩の農民は熱心な仏教徒であり、同時に然るべき神社の氏子でもある。そもそもこの地では、神道を敵にまわす素地がないのだ。

三人は富山城がよく見られる大手門まで戻った。

慈妙が両手を大きく開いた。

「この大通りが蜂起した真宗門徒たちで埋め尽くされました。その数、恐らく二千」

「二千！」

白華はその風景を想像してみた。大手門の大通りは幅が広い。ゆうに十間（約二十メートル）はあるだろう。ここに竹槍と幟を掲げた二千人もの人が集まるとなると、騒乱のどよめきは徒ならぬものがあったに違いない。

「ここに、真宗の門徒たちが蜂起したのが、合寺令が出て四日目、十月三十一日（旧暦）の未明でした」

慈妙が言った。

「わずか四日目？」

白華がそう質した。

「あの竹林から大量の竹が切り取られたのを見回りの警邏が見つけ、すぐに奉行所に伝えたそうです。合寺令が出て三日目だったそうです。ここは昔から一揆の風土があります。ですから、一揆を察知するため『竹林見回り方』という役人がいて、未然に鎮圧したものでした」

しかし、真宗門徒側は竹の伐採が発覚した翌日には蜂起の狼煙をあげたのだ。

余りに急迫してはいないか？　白華は率直に思った。

そうせざるを得ない切羽詰まった怒りがあったのだろうか？　あるいは、頑なに護ろうとした何かがあったのだろうか？

白華はもう一度、謀反が起きるまでの時間の経緯を手繰ってみようと思った。そこに手掛かりがあるかもしれない。

まず、依秉が権少属の役人、原弘三に呼び出されたのが、合寺令が出る二日前だ。その段階で合寺の噂はあちこちで聞かれていたらしい。最初は真宗の寺が標的になり、金目の物が強奪される、とまことしやかに囁かれていたというのだ。だから、真宗門徒たちは自衛のために武器を準備した、というのは考えられることだった。

「いや……」

白華は首を傾げた。

やはりそう考えるには無理がある。一揆を起こすにはそれなりの理由(わけ)が必要だ。誰が見ても理不尽な何かだ。

仮に真宗の寺だけが焼き討ちの標的になったとすれば、門徒たちが蜂起しても不思議ではない。さらに、犠牲者が出たとなると、なおさら門徒たちは黙っていないだろう。しかし、寺院への弾圧は真宗だけではなかった。

それでは、合寺令が出た直後の動きにはどうだったのだろう。

合寺が発令されたのが十月二十七日。智教によると、その前日に城下の主だった寺の僧侶が集められ、合寺令の告知があった。

しかし、実際に廃仏毀釈の嵐が吹き始めたのは翌二十八日からとだという。

白華が慈妙に訊ねた。

「そうなると、合寺発令の翌日から三日の間に何かが起き、このような大きな騒動に繋がったと考えられます。つまり、門徒たちが蜂起せざるを得ない何かです。それは一体何なのでしょうか？」

慈妙は首肯くこともなく俯いて黙っている。

依乗の様子もおかしい。俯いたまま、朽ちた石仏のようにビクリともしなかった。

「何かあるようですね？」

白華は依乗を睨むようにして質した。

「三郎衛さんが、早まるなよ、と言ったことと、この蜂起とは何か関係があるのでしょうか？」

依乗は一瞬白華の一言に息を吞んだが、やはり何も答えなかった。

この二人は何かを隠している。何か重い裏の事情がある、白華はそう確信した。

九

一度、開源寺に戻った三人は、仏間に集った。

「正直に申し上げて」そう白華は口を開いた。

「何故に蜂起が起きたのか。その真相が私には読めません。大谷にとって犠牲者の伴う謀反には今まででも、もちろんこれからもですが、厳しく戒めています。竹槍を振り回し、一揆幟を掲げたところで犠牲者が出るだけで問題の解決にはならない」

そんな白華の言葉を飲み込むようにして、慈妙は「私には良く存じ上げませんが」と前置きをして、真宗の主だった僧侶たちに配られたある檄文が十月三十一日に起きた蜂起のきっかけだったと語り始めた。

「私のところにはその檄文が届きませんでしたから、この檄文にどのようなことが書かれていたのか、知る由もありませんが。きっと、真宗の僧侶の心を掴む何かが書いてあったのでしょう。真宗に帰依するものなら誰びとも黙っていられない、見過ごすことができない、心を揺り動かす何かが」

慈妙はチラリと依乗を見ると目がわずかに潤んでいた。なぜだろう？　白華が鋭い声で訊ねた。

「その檄文はどなたが書いたのですか？」

慈妙は目を閉じ、辛そうに眉間を絞った。

依乗は俯いたままだった。

「三郎衛さんが首謀者として処刑されたのだから、檄文を綴ったのは三郎衛さんと言うことになりますね。ただ、本当にそうなのでしょうか？」

白華の率直な質問に反応するように、慈妙は弱々しくため息を吐くと、呼気が震えた。答えに窮した時、人は慈妙のように呼気が震えるものだ。慈妙の「さて、どなたが書き……」という返答はむしろ知ってはいるが答えられないと白華には聞こえた。

「どなたが配ったかも、私は知りません」この突っ張ったような言い方は、これ以上聞いてほしくない慈妙の嘆願に聞こえた。

高齢の慈妙は辛そうに目頭を押さえた。相当に疲れている様子だった。肩を落とし、嗄れた声でこう続けた。

「その檄文に多くの真宗の僧侶が応じました。恐らく、百名程の真宗の僧侶たちが、総曲輪（そうがわ）の真宗正覚寺説教所に集まりました。最初は僧侶だけで蜂起するつもりだったのでしょう」
僧侶たちは白衣に墨染めの上衣の偏衫（へんさん）と下衣の裙子（くんす）とを直接綴（つづ）り合わせた僧衣を着していたという。脚絆で身を構え、二階御門を超えて、大参事が執務する二の丸御殿を目指した。ところが、正覚寺説教所を出ようとした時、外には僧侶の蜂起を聞いた門徒たちが蓑笠姿に竹槍を持って集まっていた。その数、既に数百に及んでいたという。

「ここは、私たち坊主が直接、大参事と話をする。事を荒立てると、収まる話も収まらないよって」

一人の僧侶がそう門徒たちを諭した。しかし、門徒たちの勢いはおさまらなかった。

「わてらは真宗の門徒や。真宗の坊さんをお守りせなあかん」

門徒たちはそう言って僧侶たちを取り囲み気勢をあげた。大手門の大通りに出ると、農民たちの数はさらに増えた。恐らく千ははるかに超え、二千になんなんとしていたという。

一揆幟がはためき、竹槍が揺らいでいた。その光景に驚いたのは富山城を警護する警邏たちだった。圧倒する真宗門徒たちの数に、警邏たちは腰がひけていた。そこへ権少属の役人、原弘三が姿を現した。正に毘沙門天の怒りの形相であった。

「この一揆の首謀者はどいつだ！」

僧侶たちが群衆の前に控えていた。

その時、一人の僧侶が前に出て「これは一揆ではありません」と叫んだ。

「お前は……！」

原の表情が強張った。

白華はその時の光景が目に浮かぶようだった。真宗の僧侶と門徒たちが一触即発の中で役人たちと睨み合っている。そこに誰かが間に入った。それがこの謀反の謎を解く鍵だ。

その時、慈妙は辛そうに肩で息をし、繰り返し咳き込んだのだ。

依乗が懇願するように「慈妙様は元々、肺臓を病んでいて、もうこれ以上話すことは無理です。今日は、このくらいにしていただけませんか？」と手を合わせた。

白華は真実を知りたいがために慈妙に無理を強いたことを恥じた。

「これは、申し訳ないことをした。許してください。どうか、御身を大事にしてくだされ」と言い残し寺を辞した。

十

松本白華はここ数日、お城のお堀の外にあった総曲輪の真宗・正覚寺説教所を宿としていた。

白華のような高僧は格式の高い真宗の寺院に招かれ、そこで寝泊まりするのが慣例だった。しかし、白華を客人として招くに足る寺院の宿坊はことごとく破壊され、廃寺となっていた。正覚寺の説教所は本堂とは別棟で、外見は民家だから、打ち毀しを免れた。多少、建物が粗末で、臥し所など隙間風が吹き抜け、空気が凍るが、寒いところで育った白華には布団があるだけで十分だった。

因みにその後、真宗門徒による砂持奉仕によって、富山城のお堀を埋め立て、新たに説教所として創建したのが、現在の真宗大谷派富山別院である。

白華は夜明け前から、近所の真宗の寺院に出向き、朝のお勤めの晨朝勤行をあげるのが日課だった。辺りが明るくなってきた頃に説教所に戻ると浅黒い肌の人相が悪い小男が白華を待っていた。

「松本さん？」

刻み煙草か酒焼けしたのか、ひどく嗄れた声だった。

「ええ、あなたは？」

男は眩しそうに白華を見ると「ワテは恭介や。羽田明文（めいぶん）先生の遣いや」と答えた。

「羽田先生？　どなたですか？」

男は長身の白華を仰け反るように睨んで「神祇官大輔、亀井茲監（これみ）様、すなわち津和野藩藩主の家来、同じく神祇官次官、羽田明文大副様」とまるで極道の口上のように言った。その所作が滑稽で、白華は思わず吹き出した。

「ところで、その羽田先生が何か用事でも？」

恭介は口を真一文字に噤んでグッと顎を引いた。

「羽田先生が松本さんにお会いしたいと」

白華は思わず生唾を飲み込んだ。

神祇官といえば、律令の時代から朝廷の祭祀を司る重鎮の官庁であったが、江戸の時代には実権もなく長く閑職に甘んじていた。明治になって復権を果たし、今や太政官を凌ぐ権勢をもつ職掌となったという。その明治政府の神祇官という重職が白華に会いたいという。白華は敵地に招かれる緊張感を覚えた。

羽田は日枝神社にいた。総曲輪から山王町にある日枝神社までは近い。大きな通りを二つ、三つと越えると広大な日枝神社の杜にぶつかる。

境内に入ると、唐破風の背に千鳥破風を配した見事な拝殿が目に入る。その横に社務所があった。社務所も前田家の擁護（おうご）を賜わった格式の社だけあって、見事な造りであった。天井も高く、一つ一つの造作が広々として明るい。

客間に通されると、大名に謁見するような威厳が白華の肩にのしかかった。

じき、上手の戸口が開くと、気高い宮司姿の男が背を丸めて入ってきた。どこか華奢な公家の印象からか、白華よりは二回りは歳上に映る。空咳をしながら、神棚の前に座した。

「朝早くから恐縮です」

良く響く声だった。

「私が津和野藩、大参事、というより明治政府の神祇官次官、大副を務める羽田明文の方が、通りが良いかもしれませんな」

白華は一度深く畏ると「私は……」と言いかけ羽田が遮った。

「東本願寺第二十一代門首、大谷嚴如（ごんにょ）様の懐刀、松本白華さん。普段ならお目にかかれない真宗の高僧だ」

「恐れ入ります」

白華はまた畏まった。

「貴殿のような位の高い僧侶がこんな田舎町におられると、すぐに噂になり、まぁ、必然的に私の耳にも入る」

羽田はそう言って笑った。笑うと目元に笑い皺が刻まれ、深い学問の心得が読み取れた。

「ところで」

そう言ってまた空咳をした。

「噂だと、先に起きた真宗門徒の一揆を盛んに調べ廻っているとうかがった。何をお調べになっておられるのか？」

質問は単刀直入だった。華奢な体躯に反して目は鋭い。

「真宗はかような蜂起を固く戒めています。私は数日前、この蜂起の首謀者の刑戮に立ち会いました」

「ほう！」

羽田は少し驚いた様子だった。

「魚津の長圓寺という穢多村跡の刑場でその男は首を吊られました」

羽田はまた「ほう！」と声を上げた。

「となると、首謀者は穢多びとということですね？」

「恐らく、そうなのでしょう」

羽田は顎をあげるような所作をして白華の話の続きを急かした。

「この度の蜂起、富山藩がこの十月二十七日に発令した合寺令に対する反発が背景にあると読みました」

羽田は細い目を更に細めて「なるほど」と呟いた。

「松本さんは真宗の寺が暴徒たちに打ち壊された子細を見聞されたのですね？」

「ええ、ひどいものでした」

「そうですね」

羽田は醒めた口調でそう言った。

「林太仲……」

その一言は唐突だった。羽田が合寺令を発令した張本人の名を挙げたのだ。

「富山藩の大参事、今や権勢をほしいままにしている」

白華は羽田の学問に秀でた言い回しの中に、どこか林太仲に敵対する棘のようなものを感じた。そして、次の一言は意外だった。

「きゃつの欲しいのは権力と金だ。だから、私の言うことをろくに理解もせずに行動に出た」

どう言う意味だろう、と白華は思った。

「林太仲は明治政府が政令した神仏分離令を勝手に解釈し、剰え（あまつさ）寺宝にも手を出し、私服を肥やした」

白華は訝しげに羽田を見た。どうにもおかしいではないか。そもそも合寺にしろ、廃仏毀釈にしろ、明治政府のお達しではないのか？　もっと言えば、神祇官の指導で行われたのではないか？　しかし、どうやら羽田と林太仲との間には考え方の乖離があるようにさえ聞こえる。

羽田は白華の鋭い視線を避けるように目を閉じ、姿勢を正した。

「これは問題です」

「え？」

「富山藩の合寺令。これはまずい」

「しかし、これは神祇官のご命令では？」

羽田は薄い唇を一文字に結んだ。しばらく沈黙が続いた。羽田は薄眼を開け「松本さんは宗教家だから、分かっておられると思うが」と言った。

「何を、ですか？」

「惟神（かんながら）の道……」

日本書紀の孝徳天皇の詔（みことのり）だ。

「惟神は神道（かみのみち）に随（したが）ふを謂ふ」と始まり、

「自（おの）ずからに神道が有り、我が子治らさむと故（こと）寄させき」と続く。

つまり「天つ神によって皇孫にこの国を治めさせる」と読めるのだ。ただ、羽田はこの惟神を否定的に言った。

「惟神、即ち神道は、宗教というより、祖先崇拝の約（つづ）まやかなものです」

白華はその一言に唖然とした。神祇官たる神道を極めた者の言うこととは思えない。羽田は語気を強めてこう続けた。

「一方、仏教は普遍的な大宗教であります。数千巻の経典があり、更に優れた美術工芸に加え、八万四千もの法門があって、開拓、交通、文学、技法、医方、救済などなど、神道とは到底同じに論ずべきものでないと考えます」

白華は目を見張った。この仏道に対する深遠な哲理は生半可な学道では修められない。

「宜しいですか、松本さん」

羽田は念を押した。

「仏道の山岳を含む広大な世界と比べれば、神道など日本列島に芽生えた一房の野菊に過ぎない。神道を軽視するのは自然の趨勢なのです。ただ、この野菊こそ和人の魂を優しく包み込んでいる」

白華は羽田の例えは正しいと思った。つまり、神道は日本人の魂を包含しているからこそ、懇ろかつ丁重に接しなくてはならない。その考えは真宗にもつながる。

「行基、伝教、慈覚、弘法らの老師は神道を軽視するのは、国の不祥であると考え、この傾向を改めようと奔走したほどです」

本地垂迹……。

白華は羽田が言わんとしているこの言葉が脳裏をかすめた。

羽田はこう続けた。

「松本さんはもちろん周知のことでしょうが、天台、法華経の本迹二門の説では『仏を本地とし神は仏の垂迹である。本迹二門異なりと雖も、ともに一実の妙理である』と教えています。つまり……」

羽田はそこまで語ると、照れたように苦笑いを作った。

「松本さんのような真宗の高僧にかような本地垂迹のいろはなど語るのは失礼千万ですな」

「いやいや、大切なことです。続けてください」

羽田は眩しそうに白華を見て「できたお方だ」と呟いた。

「私が申し上げたいのは、両部神道の教えです。本地の仏を尊信するもの、垂迹の神を敬すべし、と説いています。真言の金胎両部の説では仏を金剛界、神を胎蔵界とし、金胎両部異なっていても体躯が同一ゆえに神仏もまた同一体である。ゆえに仏を奉ずるもの、また神を敬うべし、と説きます」

長い間、仏は外来の教えとして、日本という神の世界に慎み深く同居をさせてもらってきた。そんな蹲踞（そんきよ）の姿勢がさしたる抗争もなく神と仏が睦まじく過ごせてきた。しかし、いつしか、仏は神を従属させ、本地垂迹を逆手に取って神の敷地に土足で入り込む暴挙が目に付いてきたのも歴史の轍にしかと刻まれてきたのだ。

羽田は落ち着いた口調だが、言葉に棘が加わっていた。

「ところが、時代を経るに従って、僧徒が勢威に任せて、次第に神道の色彩を奪ってきました。本地堂に仏像を安置するのは致し方ないとして、神殿にまで仏像を置き、更に、社殿を仏堂に模した上に、神殿に仏像の扁額を掲げ、鈴を梵音の鰐口に変えるなどの無礼をしてきました」

羽田の目が怒気に燃えた。

「これだけは我慢がならない！」

公家の細目が大きく開いた。

「僧徒が法衣を着し神殿で読経をして、これを神祭と言うに至っては、実に神仏混交、社寺混同して、本迹二門の真意も、却（かえ）って破滅することである！」

羽田は興奮してきた自分に気が付いたのか、頬を紅め、照れくさそうに俯いた。

「いや、大人げなかった。失礼をしました。ただ、真宗の高僧である松本さんにはこれだけは言いたい。そもそもこの神仏分離令というのは、この私と、白川三位様、亀井茲監様、そして福羽美静（ふくばびせい）様の神祇官四名で創案したものです。その中には寺院を破壊せよとか、仏像を廃し毀釈せよなどとは書かれておりません」

「では、どんなことが？」

羽田は顎を引いて「さよう」と言った。

「要点は三点です。まず、権現とか牛頭天王など、神号を仏号で称えている神社はその由来書を提出すること、二つ目は仏像をもってご神体としている神社は今後改めること。最後に本地仏として仏像を神社に安置すること、加えて鰐口や梵鐘、仏具などを社前に置いている場合は早々に取り除くこと」

「それだけですか？」

羽田は大きく頷いた。

「加えて……」

羽田は「下世話なことだが」と断ってこう言った。

「まず、寺院や仏具の修繕を不許可にした」

「修繕を出来なくした？」

「だから下世話なことだと申し上げた。かようなどうでも良いことを敢えて制限した幼稚さが神仏分離令の実態だ」

加えて、法事の参加人数の制限、お盆などでの僧侶の檀家訪問、いわゆる棚経を禁止したという。羽田は少し照れたように唇を歪めると、

「一方では、借米、借金棒引きなどで釣って僧侶の還俗を奨励したのです。恥ずかしいことだ」

「では、ここ富山もそうですが、全国で熱病のごとく仏を侮蔑した上に破壊し、多くの寺院が毀(こぼ)たれています。これは明治政府の命令ではないと、羽田様は言いたいのですか？」

羽田は冷静な目に戻って「そうです」と明確に答えた。

「それでは、何故に政府はこの暴力、狼藉を戒めませぬか？　何故、科条を掲げてでもお止めにはならぬのですか？」

白華の荒げた声が社務所の客間で跳ねた。

十一

白華が富山に赴いて十日が経った。この十日にどんな意義があったのか、それともつかのまの幽(かそ)けしの日々だったのか……。白華が見つめてきた風景の輪郭が明瞭なのかと問われれば、確かにそこには廃仏毀釈で破壊された寺々が具象を伴って転がっていた。火付けにあった焦げた境内の建物も今や祈りの造作さえ読み取ることができない。そこに宗派の祈りを感じようとすると突然、輪郭がぼやけ、陽炎の中の月か太陽がいたずらに眩しいだけで、目を細めるとそこで起きた暴力の叫び声だけが

響く。白華の心の中で轟くのは寺に対する暴力、破壊という事実とその結果だけで、その者たちへの怒りがいっこうに湧かなかった。この十日間で、白華は五十五の真宗の寺院を巡った。ほぼ、全ての寺が何らかの危害を蒙っていた。そこに僧侶が残っていれば、詳しくその時の状況を聞いた。還俗を迫られ、寺院を捨て、無人となった寺では近隣の檀家から話を聞いた。いくら聞いても白華のこの冷めた感情が変わることはなかった。白華は心底、この合寺事件の首謀者たちに極限の怒りを持って接したいと思った。「地獄に堕ちろ！」と叫びたかったが、犠牲者たちの怒号さえ念仏の如く聞こえてしまう自分が正しいのか、腰を屈め、そんな自分を見つめてみた。

　白華はこの自分のこの感情を実は分かっていたのだ。それは真宗の「悪人正機」という根本教義が長い間信徒たちを誤解させてきたという事実だった。

　正に「善をせず、悪をする者こそ助かる」という大きな誤解である。

　白華は真宗の学僧として第一級の研究者である。そのこれまでの学びの人生はこの誤った考えをどう門徒に語り、正すかにあったと言ってもいい。悪い行為は必ず悪い結果と苛すむべき報いがある、即ち悪因悪果である。

　門徒に善行の動機を喪失させ、悪業に対する制御が効かなくなったら、悪人正機を誤解した門徒たちを破滅の道に誘ってしまわないだろうか？　救うどころか、恵心僧都・源信の著した往生要集にある厭離穢土の地獄に落としてはいないだろうか？　全ての衆生を救うべく浄土の教えに抗うことにならないのだろうか？　白華はいつもそこに大きな悩みを抱えていた。

白華は、訪ねた五十五の真宗寺院の惨状を詳細に備忘録に認め被害の実態を分析した。寺院の山門、鐘楼、本堂、宝塔、庫裏、本尊、仏壇、仏具、寺宝、そして梵鐘の十の項目に分け、その被害の程を総点で評価したのだ。慈妙の寺のようにごく小さな寺は、元々梵鐘がなく、鐘楼を持たない。あるいは宝塔がない寺もあって、そのような寺院は総点が当然低くなるが結果は驚くべきものであった。白華が訪ねた五十五の寺院の内、全ての項目に被害が及んだ寺が五十にものぼったのである。残りの五つの寺も、檀家たちが本尊や、巻子本、掛け軸などの寺宝を持って逃げ、難を逃れたような事例がほとんどだった。

白華が訪ねた寺院の僧侶の数は百五十名。その全員が還俗を迫られ、具体的な帰農地まで指定された僧侶の数は七十余名に及んだという。若い僧侶は藩兵に召しあげられ、実際に練兵所に連れていかれた者も少なくなかった。命令に従わねば、その場で藩兵に捕縛され、凶悪犯と同じ牢獄に収監された。実際、最後まで抵抗した十数名の僧侶たちが投獄され、その内の数名があまりのひどい仕打ちに獄死したのであった。白華はこの結果を東本願寺大谷派の第二十一代門首、大谷嚴如に玉簡をもって報告した。

「我、見聞果たしたるはわずか五十五の真宗寺院なれど、その害うは夥しく、寺物の破損のみならず、僧たちの気魂深く傷つき、還俗に到たる僧も少なくなく……」

そして、白華は合寺令には前触れがあったと綴った。それは寺院活動の制限という形で顕在化したという。

「本年（明治三年）閏十月四日に富山藩の林太仲という者が大参事に任ぜられると直ちに、真宗寺院の永代経勤修の日限を一ヶ月からわずか七日に短縮せよと布告致した。これが合寺令の前触れであり、矢継ぎ早に士族の寺詣でを制限した挙句、寺鐘を撞くこと、太鼓を叩くことを禁じ、士族の墓地を長岡御廟所の草地に改葬し、今後寺院での埋葬を禁ずる、とまで通達せしめた」

さらに白華は具体的な被害をこう綴った。

「呉羽(くれは)なる地に、曹洞宗・長慶寺、桜谷の大仏と申す富山では良く知られた見事な金仏あり。それを兵器鋳造のため藩に献上するよう強要し、信徒一同、首部だけでも残してほしいという嘆願もかなわず、あらんことか皆の前で大仏を菰(こも)包みにして弾丸を打ち込み、強度を試したといふ」

そして白華はこう結んだ。

「神仏分離令によって、林太仲配下の藩兵に加え、蛆のように湧き出た毀釈果報行を名乗る神道の無頼どもが、仏道の教えを笑殺し、寺の破壊に及んでいる。我、これを、仏を廃し、仏の魂をも毀釈する行為と断じ、顰(ひそみ)に倣(なら)えば、これを廃仏毀釈と呼ぶことにする」

「廃仏毀釈」は江戸末期、水戸藩が大砲を作るため寺院から梵鐘・仏具を供出させ、多くの寺院を破壊、整理した廃仏運動を言った。これに毀釈という釈迦の教えを棄却する意味の単語が繋がり、一般に使われるようになったのは、恐らく明治四年頃からであり、もちろん白華の造語ではないが、そこに白華の怒りと口惜しさが滲んでいた。

ただ、三郎衛の蜂起に関しては「十月三十一日、富山城下で門徒による蜂起があった模様」とだけ記載した。まだ、この事件には謎が多すぎたのだ。

白華が富山城下からその周辺の真宗寺院をくまなく巡っているらしい、という噂は広く知られることとなった。中には別の宗派の僧侶が訪ねてきて、我が寺の被害を見てくだされと嘆願されたこともあった。真宗の次に被害が多かったのが浄土宗と時宗の寺だった。建物の破壊はもとより、仏具など金目の物が持ち去られた。

白華はこの一連の廃仏毀釈騒動を総括して、ある事実に気が付いた。火が放たれたのは山門と鐘楼に限られ、仏塔や本堂は破壊こそあれ、ほとんどが焼かれていないこと。そして、木造の仏像は多くが庭で燃やされているが、鋳物でできた本尊は持ち去られていたこと。高価な壺、磁器、陶器などの寺宝の類は中を改められず、箱ごと持ち去られていたのが共通していた。つまり、武器として使えないこれらの寺宝は最初から売り払う意図があったのである。

一方、目方のある仏壇は手をつけられず放置され、香炉、花立、燭台などの仏具はことごとく持ち去られていた。また、特筆すべきはあの重い梵鐘がなくなっていたことだった。梵鐘など一人二人で運べるものではない。丈夫な引き縄と滑車、荷車などを仕込まなければとても無理だ。それがいとも簡単に、ことごとく持ち去られているのだ。

これらの事実から、仕立てられた絡繰りが白華には見えてきた。梵鐘を運び出すことができる重機を扱う組織がこの毀釈果報行者の裏で暗躍しているに違いないと白華には思えた。

総曲輪の真宗正覚寺説教所に戻った白華は少し疲れていた。毎日、ひどく破壊された同門の寺を巡ることは気鬱を増した。疲れが肩にきて、首が張った。

正覚寺の寺男が「お疲れでしゃろ」と白華を慮った。

ぬるい麦茶を運んできて「そうそう、先ほど客様が松本様を訪ねてまいりました」と寺男は言った。

「どなたかな？」

「さて、名は申し上げませんでしたな。大男で農民のような形(なり)でした。どこにいるかと聞かれたので、円命寺さんに夕のお勤めに行くだろう、と答えておきました」

白華は気にもせず、いつものように夕刻のお勤めに出た。正覚寺説教所のすぐ裏手にある真宗の円命寺という寺での勤行だ。この寺も甚大な被害に遭っていた。本尊は焼かれ、今は仏壇が残っているだけだが、熱心な門徒たちが白華の来訪を待ちわびていた。白華は経をあげ、法話を皆に聞かせた。白華の良く響く声での法話は門徒たちに喜ばれた。

その日、白華は正信念仏偈(しょうしんねんぶつげ)を唱えた。朝暮の勤行として読誦するよう制定された経である。それに、舌々(ぜぜ)という言葉を加えて、「舌々短念仏」を唱えた。「なんだぶ」と三回、一回切ってから改めて「なんだぶ」と十回、また一回切ってから「なむあみだぶ」と二回唱えるものである。

それを終えると、白華はいつものように短い法話を門徒に語りかけ、勤行は終了する。

「ありがとうございました」と門徒たちは誰となく手を合わせ「いやー、心が洗われた。流石に東本願寺のえらい坊さんやな」と満足げに引き上げてゆくのだ。

世話人が白華の雪駄を揃えると「毎日、大変でんな」と慮った。

「いやいや、これも修行です」と笑って返した。

陽はとうに暮れ、武家屋敷の細い道が薄明かりに浮いて見えた。雪は綺麗に掃かれ足元がもつれることはない。

真宗の正覚寺説教所が街明かりに照らされ輪郭が浮き上がった所まで来た時だった。

背後から砂利を蹴るような音がして、影が勢いよく近づいてきた。白華はふと殺気を感じ振り返った。白華も背が高いが、それをはるかに超える大男が白華の目に入った。胴蓑に藁履、菅笠というなりは農民を思わせた。しかし、腰には太刀が忍ばせてある。白華の足が引き攣った。男の尋常ではない目線から殺気が漏れ出た。

立ちすくむ白華に向かって男は足を早めた。そして、太刀に手をやると、スーと抜いた。

「何者です？　私は真宗の僧侶ですよ！」

恐怖で体躯が激しく震えた。

男は無表情のまま太刀を上段に構えた。

「お前に恨みはないが、死んでもらう！」

白華は真宗の僧侶としてまだやらなくてはいけないことが山ほどある。ここで見ず知らずの暴漢に命を奪われる訳にはゆかないと思うと、その理不尽と悔しさで唇を噛んだ。死への恐怖より、無念さが勝り、体躯が引き攣った。

その時だった。

ごん、という鈍い破裂音が轟くと、男は「くそ！」と声を荒げた。白華の目の前にどろろ、と男の額から血がしたたり落ちた。暴漢は額に手をやり、また、太刀をあげた。

続いてまた、棍棒の鈍い音が響いた。

「ぎゃー」

今度は叫び声となった。膝を落とし、太刀を必死で構え直して、再び鬼の形相で白華の前に迫った。

懸命に白華を襲おうとするが、その時、暴漢の体躯が激しく揺れた。爪が風に煽られるように後ろに引っ張られたのだ。もの凄い勢いで、暴漢は路地の砂利に叩きつけられ白目を剥いて倒れ、気を失った。

塀に倒れ込んでいた白華の前に男の手が差し延べられた。薄明かりにその男の顔が浮かんだ。

「……あなたは、恭介さん？」

男は神祇官、羽田明文の部下、恭介だった。

「起き上がれるやろうかの？」

恭介は白華の上腕を支えるようにして声を掛けた。

腰に痛みが走った。倒れた時、しこたま尻あたりを痛打したのだろう。

白華は立ち上がると、路地に倒れている暴漢を見下ろした。

背中が上下に揺れているところを見ると死んではいないらしい。

恭介は棍棒を挙げると「こいつで額を潰してやった。しばらくは気絶したままやろ」と言った。

「この男は何者ですか？」白華が訊ねた。

「わてらは闇烏（やみがらす）の留吉、と呼んどるがの。ここいらの殺し屋や」

「殺し屋？」

「ああ、博打打ち、置屋、やくざ、そんな連中の争いごとに雇われ、気に入らないやつらを跡も残さずに見事に殺る」

あんぐりと口を開けている白華を恭介は鼻で笑った。

「松本さんはあちこちに探りしすぎや。中には連中にとって知られたくないこともぎょうさんある。それを心配した羽田様は松本さんを呼んだ。我らが頭領はえらく松本さんの人柄に惚れ、警護をこのわしに命じたというわけや」

「警護、ですか？」

「そや、こいつらは人殺しなぞなんとも思わん。鶏の首を捻る程にしか思っちゃらん」

「こいつらとは？」

「そうやなぁ。それは羽田様から直接聞いた方がよっかろ」と恭介ははぐらかした。

「この留吉という殺し屋、これから、どうするんです？」

白華はそう恭介に訊ねた。

「勝手に起きて、勝手に帰るやろ」

「警邏には突き出さないのですか？　殺されたところだった！」

「警邏？　どこの？」

白華は呆れた顔を恭介に向けた。

「番所に決まっている」

「城下の番所なら、どこも林太仲の縄張りじゃ」と恭介は言った。

「では、連れていっても捕まらない？」

恭介は白華がそう質したのを無視するように「今、富山は林太仲のやりたい放題や。羽田様もそれを戒めるためにわざわさ東京から来られたのに埒が明かん」と苛立ちを隠そうとはしなかった。

恭介は白華の二の腕を握ると、引きずるように歩き出した。

「どこへ？」

「山王町の日枝神社や」

「な、何しに？」

「あんたの身を守るため、しばらく日枝神社で匿う。そういう命令や」

「真宗の坊主が神社に？」

白華は複雑な思いになった。確かに江戸の時代は神社もお寺もなかった。然るべき日には僧侶が神社を訪ねて神様に拝んだ。もちろん、その逆も日常だった。そんな混淆した時代が過ぎ去って久しいが、今や、神社がお寺を襲う時代だ。

「大変だったようですね」

羽田は穏やかな微笑みを湛えそう白華を労った。

「いや、危うくこの首を刎ねられるところだった」

白華は手刀にして首をトントンと叩いた。

「そう、簡単には殺させませんよ」

今度は真顔で言った。

「私の命を狙った男。恭介さんは殺し屋と言っていたが」

羽田は白湯を勧めると「そうですね」とだけ答えた。

十二

日枝神社の社務所に身を置いた白華は、社務所の食堂(じきどう)で羽田と食事を共にした。神社で食するなど白華にとって初めての経験であった。羽田は宮司の資格も持っていて、神棚に向かって長い祝詞をあげた。終えると、羽田はいつもの穏やかな表情に戻って「真宗でも同じような作法を?」と訊ねてきた。

「いや、合掌をして多くのいのちと、皆様のおかげにより、このごちそうをめぐまれました。深くご恩を喜び、ありがたくいただきます。そう感謝を申し上げるだけです。神道の方がだいぶ長いかもしれない」と答えると羽田は声に出して笑った。

「端折ることも多々です。省略型」

羽田はそう言ってまた、笑った。

夕食はごく質素なものであったが、ただ、焼き魚が出たのには流石に驚いた。そんな様子を見ていた羽田は「かように魚を食するようになったのは最近のことです」と言った。明治になって、食材の変化は著しいものがあった。魚はもとより、肉も食べるようになってきた。それは神職や僧侶の日常にも見られるようになってきた。そんな最近の風潮にも拘らず、仏道の修行は精進料理にあり、と白華は強く念じて生きてきた。

加行（けぎょう）では酒はもちろん、四つ足で歩く動物や魚、卵は食さない。五辛と言われる辛味や臭気の強い野菜も禁じられている。「不許葷酒入山門」すなわち「葷酒（くんしゅ）山門に入るを許さず」と特に禅宗系の寺院の山門の脇に必ずこう書かれた石碑が立っていた。葷の食材が仏道の修行の妨げになると信じられていたのだろう。仏道の中にいた白華には、目の前に出された焼き魚に神道に対する違和感を禁じ得なかったのも事実だった。そんな白華の様子に羽田は苦笑した。

「仏道を極めた方に焼き魚はさすがに、配慮に欠けていましたな」

羽田の言葉遣いにはいつも穏やかな心配りがあった。白華はすかさず首を横に振った。

「人とは生きるものの精気を頂いて生かされています。魚もその一つ。これを食することに何ら躊躇（ためら）いもありません。ただ、私たち仏道に身をおく者は、生き物から頂く精気は生きるための最低限に留め、心の修行でそれを補うよう心掛けています」

羽田は嬉しそうに頷いた。

「そう仰ると思っておりました。その明解なお答えを待っていました。意地悪をして焼き魚をお出しし、大変、失礼をした」

羽田は声を押し殺すように笑うと、空咳を一つして「ところで」と言った。白華は姿勢を改めると「はい」と答えた。

「松本さんを襲った例の殺し屋ですが、湾港に倉庫を構える小崎組の一味です」

「倉庫？」

「ええ、富山は昔から北前船の基地で、交易で栄え夥しい倉庫があります」

羽田は「まぁ、この倉庫は極道が仕切っている。小崎組も殖産興業の裁許をもらったそんな極道の一つですが」と照れたように言った。

白華は「殖産興業」という言葉を改めて口の中で咀嚼してみた。最近、よく耳にする言葉だ。しかし、子細はよく知らない。明治の変革に乗り遅れまいとする人たちにとっては権力と金を産む木に見え、金権を忌み嫌う者にとっては不潔な卑しいものに映るらしい。羽田は殖産興業をこう説明した。

「要するに殖産興業とは、明治政府が西洋諸国に対抗し、国家の近代化を推進する諸政策を促すスローガンですな」

「スローガン？」白華にとって初めて聞く言葉だった。

「はは、檄を飛ばす意味です。飛檄。今や明治政府内部は西洋の言葉が大流行しておる。木端役人までが「今日はミニストル　イトーとの会議があるのでね、などとほざく」

「ミニストル？」

「大臣のことですよ」

白華はその後、英語を習熟し、真宗の海外での普及に努めた。そのきっかけが、羽田の語った国際情勢についてだったと後に側近に語ったという。

羽田は最後に自分に言い聞かせるようにこう言った。

「松本さん、問題はここですよ。明治新政府は王政復古の大号令の下、国家にとって都合の良い民族国家主義的な教育制度を持ち込んだのです。これで喜んでお国のために命を捧げる国民が育ちます」

羽田はそう言って苦々しく唇を歪めた。

「加えて、徴兵制度、軍事に充てるための税制、そしてこの殖産興業が富国強兵策を強力に押し進めているのです。いわばそれは戦さを進めるための軍事力の強化のためです」

その辺の絡繰（からくり）は白華も良く分かっていた。納得したように頷くと羽田は頷きを返した。羽田は続けた。

「その先には明治政府に深く入り込んだ軍人たちの武断主義による中国や朝鮮などの近隣諸国への侵略が待ち構えている。欧米も敵に回し、世界を相手に戦争を起こし、結果的には日本を滅ぼす悪魔の道筋が、今、正にここで始まっているのですよ」

羽田は白華の反応を探るようにそう言った。

「ここも富山でも、お国の新政策のお墨付きをもらった地場の極道たちが次々に参画してきました。その一つが小崎組です」

羽田は目を閉じ、しばらく考え倦むようにしてから、薄目を開けた。

「松本さんは毀釈の果報行者をご存知か？」

羽田から発せられた思いがけない一言に白華の半眼が大きく開いた。寺院の焼き討ち、そして廃仏毀釈を推し進める神職を名乗る、ならず者たちだ。

「そう、あいつら我々が草案した神仏分離令を悪用し、略奪と暴力と、そして……」

「そして？」

「我が国の起源、神話の世界にお座せられます神々の御心を著しく害する暴挙」

この一言に羽田という男は本気で廃仏毀釈に反対の立場を取り東京からわざわざ富山まで乗り込んで、この暴力を収めようとしているのだと白華は確信した。

その晩、白華は悪夢を見続けた。暴漢に襲われ、素っ裸にされて雪原を逃げ惑う。ついに追いつかれ、鈍く光る太刀が首筋に触れる。その度に白華は汗だくになって目を覚ました。肩で息をし「夢か……」と呟いた。もう、空が白み始めていた。富山の冬は厳しい。日が出る直前はまるで全てが凍りつくように音が軋めく。白華は布団から出て、朝の勤行に出ようと思った。しかし、ここは日枝神社の社務所で、半ば拘束された身だ。それに暴漢がいつ何時再び白華を襲ってくるかもしれない。

客間の襖を開け、廊下に出ると、恭介が廊下の板間に布団を敷いて、寝ていた。どうやら、ここで白華を見張っていたらしい。

白華に気が付き、のそっと上半身を起こした。

「まだ、外は暗い。便所ですか？」

「いや、朝の勤行に行きたい」

「ああ、お勤めですね。どちらへ？」

「円命寺という寺だ。ここから近い」

恭介は納得した風に頷くと「ご一緒しましょう」と言った。

円命寺での朝の勤行が終わると、もう外は明るくなっていた。円命寺で朝晩、白華が勤行をあげているという噂が広がり、多くの門徒たちが集うようになった。いくら、お国が民たちの信心を力で抑えても、祈りの心までを摘むことはできない。そんなことは歴史がいくらでも教えてくれるが、為政者にはそれが分からないらしいと白華はいつも思う。

本堂から外に出ると、羽田が円命寺の焼け焦げた山門を見つめていた。真っ白な神職差袴（さしこ）を綺麗に着し、黒の袖のない二重廻しのマントを羽織っていた。

白華を見つけると、皓歯を見せて笑った。

「お勤め、ご苦労です」

爽やかな声だった。

白華は軽く会釈すると「小崎組を調べたい」と言った。羽田はその一言を待っていたように、目で頷いた。

十三

大手御門から橋を渡り、櫓御門で役人の改めがあった。羽田が軽く頷くと、門はすぐに開き、城内に入った。そこが二の丸である。妻切りの屋根を持った奥行きの長い役所（やくどころ）に役人たちの蠢く姿が見えた。役所の裏手に回ると、そこで羽田が顎をしゃくった。その目線の先には、大小、様々な梵鐘が無造作に捨ててあった。

その数、百は遥かに超えていた。

「すごい数ですね」

白華が声をあげた。

「これが国の軍需の糧になる。砲弾を作り、大砲に化ける。次に狙われるのは鋳物の仏像だ。銅は二束三文だが、鉄だと高く売れる」

羽田は何故か羞じらうように言った。

「しかし、これは表の面だ」

「どういう意味ですか？」

白華が聞いた。

羽田は一度、喉を閉じるように「うん」と答えてから「悲しいことですよ」と言った。

「合寺令によって、寺では鐘を突くことも、太鼓を叩くことも禁止された。したがって、もはや梵鐘は不要となった。それを寺院らは明治新政府の富国強兵、すなわち殖産興業にお役に立ちたいと自ら差し出した、ということになっています」

もちろん、それは妄言である。

「それだけではない。その他の略奪品。仏具、金箔が問題だ……」

羽田は明確に「略奪品」と言った。白華はそれが意外だった。羽田自身が合寺令によって毀釈されたものを略奪と認識しているのか？

白華のそんな疑問を感じ取ったのか、羽田は「そう、略奪です。それも質の悪い詭弁を弄して奪い取った」と吐き捨てるように言った。

羽田はマントを広げるようにして歩き始めた。その時だった。多くの男たちが群れるようにして近づいてきた。

男たちはもちろん髷を落としていたが、皆、侍の風格があった。その群れが横に拡散すると、黒のオーバーコートを羽織った男の鋭い目が浮かび上がった。

白華はハッと息を呑んだ。

あの男だ！

そう、三郎衛が処刑された長圓寺刑場で依乗を厳しい視線で睨みつけていた男……。

「彼が合寺令を企んだ富山藩の大参事、林太仲だ」

羽田が唸った。

この男があの林太仲か！

林太仲は太々しい視線のまま近づいてきた。

そして、息遣いが聞こえる距離まで来ると「これはこれは」と腰を少しだけ曲げ慇懃に羽田に挨拶をした。

「随分、お早いですね。羽田先生」

「林くん。紹介しよう。この方は」

林は、手を上げそれを遮った。

「東本願寺の門首付け宗務室主任、松本白華様」

この男、歳は白華とそうは変わらないだろう。多少は上かもしれないが、若々しい体躯は堂々として、加えて太い眉の下に大きな鼻がガッチリ座っている面構えは正に富山藩に仕える侍の面構えだった。それにこの鋭い目は一度睨まれると忘れることはできまい。

「よく松本さんを存じているな」

羽田が感心した。

林は真ん中から分けた長い髪をかき分けるようにして「いや」と言った。

「この富山藩の城下で野良犬のように何やら嗅いで廻っていると聞いています」

野良犬呼ばわりされる謂れはない！　白華は憤った目で林を睨み返した。

林は傲慢な性格を晒すように口元をわずかに歪め、照れを薄笑いに変えた。

「それにしても、この度の合寺で真宗は何もできなかった。小さな謀反はあったようだが、それも穢多びとが煽った犬の遠吠え」

「林くん、それは言い過ぎだろう！」

思いがけぬ羽田の叱責に林は肩を竦めた。

羽田は卑しくも明治政府から遣われた神祇官だ。藩の大参事と雖も羽田とは格が違った。照れ笑いをしながら林は、

「失礼をした。しかし、どこから聞きつけたのか、東本願寺のみならず、高野山からも比叡山からも、永平寺からも、とやかく言われて参っていたところだ」

そう言ってまた、わざとらしく顔を歪めてみせた。都合が悪くなるとわざと嫌味な表情を作る癖が

あるらしい。いつも自分を中心に世の中が回っていると勘違いしている輩に多いと白華は林にそんな印象を持った。

羽田が遠慮気味に林に訊ねた。

「君とゆっくり話をしたいが、時間はあるかね？　こっちにきてもう三日もたつが、なかなか君とは会えない」

林は高飛車に顎をしゃくるとまた煩わしい表情を作った。

「申し訳ないが、今は猛烈に忙しい。本日の夕刻なら、主計町で寄り合いがある。気のおけない連中と会うが、その後でもよかったら。日枝様に迎えを寄越します」

そう言って林は風を切るように去っていった。

「林くんは私の塾生だった」

羽田は林の傲慢な後ろ姿に呆れながら、そう言った。

「ずば抜けて優秀と言うわけではないが、その頃から今のように生意気だったよ。と言うより、傲慢だったと言った方が正しいかな」

羽田は屈託なく笑って見せたが何かを白華に訴えるように目が沈んでいた。

「もう一ヶ所、松本さんを案内したいところがある」

羽田は刺すような寒風に、オーバーコートの襟をたて、背を丸めて歩き出した。

「林君は、今はああやって横柄で肩で風を切る勢いだが、ここまで来るには結構、苦労をした」

「どういうことですか？」

「もう七年も前になるか……」羽田は遠くを見た。

そして、照れたように首を振った。

「松本さんにはどうでも良いことだ」


大手門まで戻ると恭介が人力車二台を従えて二人を待っていた。恭介はまず主人である羽田の腕を支えて人力車に乗せると、白華を見て顎をしゃくった。白華がもう一台の人力車に乗り込もうとすると、恭介はスーと寄ってきて白華の腕を支えながら小声で言った。

「これから、海に行きますよ」

「海……」この響きが白華には気になった。海に何があるというのだろう？

恭介が羽田が乗った人力車の横にピタリと寄り添うと、人力車は動き始めた。丸の内を越え、西に進むと、大きな川縁にぶつかった。神通川（じんつうがわ）だ。そこで人力車は北に方向を変え、石畳の広い道を一気に進んだ。じき、潮の匂いが白華の鼻をついた。

海が近い……。

空が広がり、青碧にかすんだ兎の尻尾の形をした雲が流れていた。民家が失せると、濃い赤銅色の瓦葺きの夥しい数の倉庫が遠くに見えてきた。

その先はもう海岸だった。空と陸、そして海の多様な色の掛け合いに白華は妙な興奮を覚えた。

人力車は倉庫群の中に入った。時折、人足の掛け声が聞こえるが、恐ろしいくらいの静けさだった。

干した潤目鰯の饐えた臭いが漂う角を曲がると、港に出た。

岩瀬の湾港である。

右手に神通川の河口が見える。白い帆を掲げた小型の漁船が群れをなしていた。海水と真水が混ざる河口でこの季節に獲れるえび漁に出ているのだろう。

人力車は一際大きい倉庫の前で止まった。戸口の前で屯していた人足たちが羽田を見て、腰を折って畏まった。

人相の悪い髭面の人足が肩を揺らすように羽田に近づいた。

「羽田様。わざわざ何用で？」

言葉は丁寧だが、どこか棘がある。

「掻攫った仏具を見せてもらうために来た。こちらは真宗の大谷さんから遣われた松本白華さんだ」

男の瞳が奥で不気味に光った。居並ぶ人足たちも暴力的な目を白華に注いでいた。後ろの方に額に包帯代わりに手拭いを巻いている男がいた。白華は息を飲んだ。留吉とかいう小崎組の殺し屋だ。あの殺気を湛えた目は忘れることができない。

「掻攫ったとはひと聞きの悪い。あたしたちはおかみから仰せつかってやっているだけのこと」

男はそう嘯いた。

羽田はその男を無視するように倉庫の戸口に向かった。人足たちが道を開けた。白華も羽田に続く。二人を庇うように恭介が最後についた。

戸口は開いたままになっていた。裳階の窓から燦々と光が入る。その光に反射するように膨大な金箔の仏具が浮かび上がった。

「すごいな……」

仏具が丘陵を埋め尽くす立金花（りょうきんか）のように金色に輝き、白華は思わず唸った。

「寺院から奪った金箔の仏具がこの倉庫以外にも三つはある。すごい量だ」

羽田はため息と共にそう言った。

「金箔は剥がし、塊にして売る。土台は銅か鉄、あるいは真鍮だ。こいつらは大砲やら砲弾に化ける」

この一言に、白華は羽田の神祇官としての立場がいよいよ分からなくなってきた。確かに、こんな横暴を許したのは明治政府であり、もっと言えば神祇官の指導が背景にあるはずだ。少なくとも白華はそう理解していた。しかし、羽田の一言一言を咀嚼する限り、この横暴に与しているとは思えない。むしろ、否定的にさえ見える。羽田はこの実態を白華に晒すことで、廃仏毀釈を世に知らしめようとしているのかもしれない。

羽田は「見せたいものがある」と倉庫の奥に誘った。

奥は風がない分暖かい。

仏具は無造作に放り投げられていたが、ある一角だけ、掛け軸や書画などが整然と並べられていた。これらは美術工芸品、あるいは骨董としての価値こそあれ、武器として富国強兵に拘（かかずら）うものではない。

白華は不思議な気持ちでそれらを吟味した。

羽田が白華の横に立って「どうですか？」と訊ねてきた。

「見事なものです。これらも戦利品ですか？」

白華はもとより厭味を言うつもりはなかったが羽田は眉間を絞り嫌悪した表情になった。

「戦利品ではありません。毀釈された仏教の宝物です。私が強く咎めなければ、これらも灰になっていたでしょう」

その中に絵巻もあった。絵巻は巻き紐を解かれ、板間の上に広げられていた。多くは仏画で、仏教の聖人たちの生涯の一齣を描いた伝絵であった。そんな一つに白華の目が止まった。

「こ、これは……！」

白華は息を飲んだ。そんな様子を見ていた羽田が声を掛けた。

「この絵巻をご存知ですか？」

「ええ、真宗の僧侶なら恐らく誰でも」

「どのような謂れですか？」

――どう説明して良いか……。白華は困惑した。

「つまり、この絵は……」

そう言葉を濁してみたものの、白華の胸はむしろ高鳴っていた。この絵の筆の運び方、彩墨の配置も真宗の伝統的な独自の伝絵だった。そして、この絵には特別の意味が含まれていた。その意味は、真宗の僧侶として分かってはいたが、その恐ろしさも知っていた。

恐ろしいこと……。それはこの伝絵の図柄にあった。

やや右手に潜む人影……。

「犬神人……」

そう呟くと、羽田が怪訝そうに「え？」と聞き直した。

白華は絵図の真ん中辺りを指差すと「ここに六角堂がありますね」と言った。「そして、そのすぐ下に真っ赤に燃える炎が見えます」

羽田の喉が鳴った。

「茶毘……」

「そう、親鸞上人が京の東山、鳥辺野で茶毘に付されました。炎の周りを泣き崩れる弟子や武家たちの姿が描かれています」

白華は指先で伝絵の縁をなぞった。丁度、伝絵の右手の山陰……、そこに桃色の布衣を着し、白布の覆面姿で、八角棒を持つ法師姿の六名の男たち。彼らは、隠れるようにそこから天を仰ぎ、親鸞の焚焼されるお姿を凝視していたのだ。

「この覆面姿の男たちが犬神人か？」羽田が即座に訊ねた。

「犬神人というと、私にはさほどの知識はないが、墓を荒らす清水坂の濫僧のことと理解しているが？」

白華はそれを否定しなかった。

「確かに屍体を扱う卑しい癩者たちだが、この伝絵に描かれた者たちは親鸞上人に教化され、慕っていました。ほら、ここだ」

白華は絵図の次の頁をめくった。

「犬神人たちが泣き崩れている様子がここに描かれています。不敵癩と蔑まされ、差別されてきたこの者たちが唯一、親鸞上人によって、悪人正機、つまり、『悪人こそが阿弥陀仏の本願によるって救われる』と教えられました」

羽田は怪訝な口元を作った。

「悪人こそが救われる？　善人ではなくて？　真宗の教えは分かりにくい」

白華は苦笑いで返した。

「ところでこの絵巻はどこで没収されたのですか？」

羽田は少し困った顔になった。

「そこが面倒なんです……」

十四

夜になった。

日枝神社に林太仲の配下の者が馬車を伴って羽田を迎えに来たのは西洋の時間で午後の七時頃だった。雪が深い富山の冬の宴会は日が暮れる午後五時くらいから始まる。だから普通ならもう宴席が引く時間になっていた。白華は羽田の隣に腰を下ろすと薄いため息を吐いた。

「お疲れの様ですな」

羽田が気を配った。

「とんでもありません。お礼を言うのはこちらの方です」

「松本さんはいつもそうやって何かに感謝し、両手を合わせている。できたお方だ」

白華は照れて顔を下げた。

「ところで、岩瀬の倉庫にあった犬神人だが」

羽田は控えめに訊ねた。

「ええ」

「真宗にとって、あの伝絵はそんなに大切なものなのですか？」

白華は羽田の質問の意図が良く分かった。羽田は伝絵そのものより犬神人という存在が気になっているのだろう。犬神人といえば、桛杖をつき死穢を扱う癩人の法師として差別の対象とされてきた。それに死者の穢れに関わる数々の悪行も人々から忌み嫌われた。そんな犬神人を何故に真宗は頑なに護ろうとしているのか？　それが神道とは理解の域を超えていたのだ。

「私のような浅学非才な一介の坊主が羽田先生のような神祇官殿に意見するなど失礼なことなのですが……」

白華のこの一言に羽田は不思議そうな目になった。

「意見をする？　どんな？」

「いや、神道と仏教の役割についてです」

羽田は意外な顔を作って「ほう！」と声をあげた。

「ぜひ、うかがいたいものです」

白華は一度、空咳をして「例えば」と続けた。

「神職は祭祀を司るのが仕事」

羽田は大きく頷き「ええ、その通りです。私たちはいわば潔斎を以って神に仕える」

「仏教は民に仕えています」

「え？」

羽田は真正面を見据えしばらく声にならなかった。そして、絞り出すような声になった。

「仏教は仏に仕えているのではないのですか？」

「仏も民のために在ります」

「余計、分からなくなった。真宗の阿弥陀さんにしても、真言の大日さんにしても、僧侶たちは頑なに手を合わせ、香を焚き、そして経をもって讃えているではありませんか？　松本さんの言っていることは矛盾している」

白華は目線を下に逸らすと、両手を組んだ。

「私たちは……無力です。ですから、仏の絶対的なお力にすがり、手を合わせ、讃えることで民たちを救おうとしている。民たちは犬神人のように悪行に身を落とした者もいる。あるいは重い病に苦しんでいる者もいる。しかし、彼らもまた、ひとりびとりが命を持っています」

白華がそう言うと、羽田は「ムムム」と唸った。明らかに不快な表情となった。

「大丈夫ですか？」

羽田は目頭を押さえ「ええ、大丈夫です」と不機嫌な口調で答えた。

「つまり……、犬神人は卑しく、悪行の限りを尽くしてはきたが、そんな彼らであれ寄り添い、仏の力にすがって、救う。それが仏の道だと言いたいのですね？」

白華は首肯き、話を続けた。

「一方、神はこの日本国を作り給うた」

羽田は「うん」と軽く相槌を打った。

「神は日和、風雨、寒暖、海波、全ての森羅万象の大根源であります。そこに稲が実り、森が栄え、魚が繁茂する。そこに生きうる糧があったので、民たちが棲みついた」

「その通りです」

「ええ、私たちも誰もが神が創りたもうた糧で生きています」

羽田はもう一度相槌を打った。

白華は続けた。

「神道は民たちの神に対する畏敬を総代して神に跪き、祭礼をもって神にお仕えする。一方、民、ひとりびとりに心という宇宙がある。この心にも神が創り賜うた世界が広がっている」

羽田は声をあげた。

「民の心の中にも神が宿ると申すのか？」

「ええ、心の中に座す神に祈るのが仏道。この心はわが国だけではない、支那でも、錫狼（セイロン）でも、印度の民でも同じ神が心の中に宿っています。ですから、外来の仏教でもその神を崇めることは叶う。しかし、古来より日本に座する神は日本人にのみ賜物となる。この二つの宗教は、常に渾然一体となって初めて人の栄があると考えます」

羽田は唖然とした表情を作って、肩を落とした。

「私は間違っていたのだろうか？」

車輪に固まった雪が絡み、きしきしと鳴った。じき羽田たちを乗せた馬車は主計町（かずえまち）に着いた。夜の七時三十分を過ぎていた。

「松本さん、先ほど林君もいろいろ苦労をしたと申しあげましたね」

羽田が唐突に言った。

「ええ」

「私もここにそうは長居ができない。明日か遅くとも明後日には東京に戻らなくてはならない。松本さんとはもう会えないかもしれない」

羽田の口元が寂しげに震えた。

「林君のことだ。今はああやって仏教を弾圧している。松本さんにとっては仏敵だ。許せないことだろう。しかし、彼にもそれなりに辛いことがあってのことだ。真宗が犬神人を救えるのなら……」

そう言って羽田は黙った。そして、次の一言は白華にとって意外なものだった。

「島田勝摩（かつま）という私の教え子がいた。彼の墓は神通川に近い船橋今町の真浄寺の近くにあるはずだ。一度、訪ねて経の一つでもあげてはもらえないだろうか？　そして、住職がいれば話を聞いてもらいたいのです」

羽田の声が嗚咽したように詰まった。

「お墓、というと、もう亡くなっている？」
「二十五歳だった」
「随分、お若い」
「ええ、腹を裂いて果てた……」

主計町は加賀藩士、富田主計の屋敷があった金沢きっての茶屋街である。富田の名に因んで「かずえまち」と読ませる。富山藩は加賀藩の支藩で、藩政の帳付けのため加賀藩士の出入りが激しい。夜にもなると、両藩の宴席があちこちで催された。城下の清水町一帯には料亭や茶屋が連なり、その一角に木虫籠の出格子を配した茶屋が金沢の主計町と似ていることから、加賀藩士はこの辺りを「富山の主計町」と呼んだと言う。

林太仲のお気に入りは「立お嬢」という料亭の二階の大広間で、そこに辺りの芸者、芸妓が呼ばれ、派手な義太夫三味線の連撥が聞こえてくると、人々は「大参事のご宴席でんな」と顔を顰めたと言う。

羽田は「立お嬢」の玄関に立つと、拳を震わせて二階席を睨みつけた。

明治になって新しい政府を動かしている政治家はほとんどが長州、薩摩、土佐などいわゆる雄藩出身者で占められていた。彼らは訛りが強く少々荒っぽいのは仕方ないとして、とにかく大酒を飲み、品性に欠けた宴席が好きだった。酒宴での乱痴気騒ぎが新しい国造りの方向を決めてしまうことも屡々であった。そんな酒の乗りで政治が動く明治政府の幼稚さは、世界の動静が何たるかも学ばず、無知を晒し、田舎侍の村社会をそのまま持ってきたことに羽田は激しく嫌悪していた。その中でも傍若無人ぶりを晒しているのが薩摩と日向、すなわち自らを武士の象徴と勘違いしている薩摩隼人を名乗る田舎侍だった。特に廃仏毀釈の寺院に対する禍乱、狼藉は他藩を圧倒するほど悪質で暴力的だった。日向は神の国と言われ、確かに豊かな神話の世界が広がるが、その一方で長い間寺院と同居してきた穏やかな文化もあった。それが廃仏毀釈によって寺院は破壊し尽くされ、門徒は迫害を受け、剰え神話の世界でさえ、傲慢な神道の色彩に塗り変えられていったのである。

神職は祭祀に仕える時は斎戒といって飲食を慎まなければならなかったが、それ以外はさほど厳しい戒律はなかった。羽田の出身藩の津和野も豪快な飲み振りで知られていたが、羽田はほとんど酒を飲まなかった。だから宴席は嫌いで、それが不機嫌な顔に出た。

料亭の仲居が玄関先に立つそんな羽田に気が付き、慌てて二階に上がった。三味線の撥音と酩酊した喧囂がピタリと止まった。階段を叩きながら降りる足音が外まで聞こえた。

羽田は白華を下足番が控える小部屋に押し込んだ。

「こんな所で申し訳ないが、しばしここでお待ちください。どんな連中がいるか、吟味しなくてはならない」

羽田は用心深い獣の目になって辺りを見回した。

階段から降りてきた男は髷さえ落としていたが、侍袴を着したいかにも武家という風格だった。

「羽田先生！」

羽田は目を細めて「おお、櫻井君か」と声をあげた。

「そうか、君は私の塾で林君と同期だったな？」

「ええ、そうです。奴は今や富山藩を牛耳る大参事。私は未だに一介の県庁の役人に過ぎない」

櫻井という男はそう言って頭を掻いた。

「林君が待っています。二階に参りましょう」

羽田は「うん」と首肯いて「ところで今日はどんな連中が集まっているんだ？」と訊ねた。

櫻井は躊躇するように喉を鳴らすと「東京からの客人のもてなしです」と答えた。

「東京？」

「ええ……」

その時、また、階段が響いた。今度は複数の男の足音だった。

「林君が来たようだ」

櫻井が言った。

階段の踊り場で足音が止まった。

「櫻井！　羽田先生は下か？」

林太仲の声だった。

「今、上がっていただくところだ」

櫻井がそう答えると、林太仲が踊り場から覗くように顔を見せ、羽田と目が合った。

林は一瞬、困った表情になったが、すぐにいつもの太々しい顔に戻った。

「おい、女将。頼んでおいた別の間に羽田先生をご案内してくれ。羽田先生は飲まないから、甘味と茶を用意してくれ」

　奥から、女将の「承知〜」と跳ねた声が響いた。

　その時、林の背の影になっていた男がすり抜けるように階段を降りてきた。少し前屈みに、敢えて羽田の目線を避けるように玄関に向かった。

　そんな様子を見ていた白華は思わず息を呑んだ。

「義方（よしえ）先生？」

　下足番の控えの間から白華は思わず声を上げてしまった。

「何だ、真宗の坊さんも一緒なのか？」

　林は露骨に不快な表情を作った。

　義方と呼ばれた高齢の男は、白華を見つめ、眩しそうに目を細めた。そして、嗄れた声を絞って言った。

「今、ちょうど、松本様の話が出たところです。富山に来て合寺令を調べていると。しかし、まさかこんなところでお会いできるとは」

　羽田が白華に近づく。

「こちらの方をご存知なのですか？」

　白華がためらっていると、義方が羽田の正面に立った。

「貴殿が神祇官の羽田先生ですね。林さんから伺っています」

「そうですか。失礼だが、どちらのお方か？」

義方は白髪を撫でるようにして名乗った。

「私は……義方恒輔と言います」

そこに林が羽田と義方の会話を遮った。

「義方先生は三井越後屋呉服店の大番頭にして、新政府の為替を扱う御為替御用所の取り締まりだ」

林がそう紹介すると、羽田の眉間が嫌悪した。

「三井越後屋……」

「ええ、義方先生は新しい銀行の設立に奔走していらっしゃる」

羽田の眉間が嫌悪したのはそこにあるように白華には見えた。御為替御用所と言えば、今や明治新政府の経済政策に深く食い込んだ巨商、三井家の中枢となる大店で、殖産興業を束ね、政府のご用命を一手に引き受けていた。

羽田が「何で松本さんは三井の大物をご存知なのですか？」と訊ねてきた。

「義方先生は大谷の檀家総代を長く勤められた真宗の最も位の高い世話人のお一人だった」

「では、この地の真宗の迫害を受け、林に直談判にいらした？」

白華は顎を引くようにして「恐らく否でしょう」とそれを否定した。

羽田の目が泳いだ。

「どういうことです？」

「彼は、吉田寅次郎（松陰）の思想に傾倒していた」

その一言に、羽田は驚愕に顔が引きつった。

十五

主計町の料亭「立お嬢」の二階の大広間は林太仲のお気に入りだが、その隣に八畳くらいの控えの間があった。余程の要人であればそこにお側で仕える侍たちが控えていたが、いつもは空いていた。そこに林は誘おうとしたが、白華がそれを断った。

「せっかくですが、義方さんと少し話がしたい」

羽田は、白華がこの義方という老人とどういう関係にあるのかはもちろん知らない。ただ、三井財閥の大番頭であるこの老人が、吉田寅次郎に感化されていることが気がかりだった。羽田くらい歴史に精通していると、吉田の思想がどれだけ危険なものか、よく分かっていた。羽田は尊王攘夷派が天誅と称して反対勢力の人間を次々暗殺し、孝明天皇を操り、やりたい放題をしてきたことを近くで見てきた。暗殺された中には羽田の敬慕する先輩や仲間も少なくなかった。吉田の思想はそんな暴力を肯定する過激な尊王攘夷派に絶大な支持があった。しかし、羽田に言わせれば、そんな連中はいわば過激な暗殺集団であり、暴力をもって社会を脅迫する連中だ。そんな危険思想に影響を受けた義方と白華の関係が清涼な境地に纏わり付く汚濁した塵芥に見えた。しかし、この二人の正反対な魂魄が、真宗にいう悪人正機の真理を垣間見たようで、羽田は納得したように口元の強張りを解いて白華に語りかけた。

「松本さん、それではここでお別れです。お会いできて本当に良かった。何か、人生が変わったような気がします」

羽田の目がわずかに潤んでいた。白華は手を強く握り返すと、

「拙僧も同じです。神祇官殿には命を助けていただけたのみならず、様々なことを教えていただきました」

義方が不思議そうにそんな二人の様子を見ていた。そして、商人らしく慇懃に膝を折って羽田に深くお辞儀をした。

「ろくにお話もできず、失礼をいたしました。神祇官様にはどうかご健勝で」

そう言ってから白華の方を見た。

「馬車を待たしてある。宜しければ大手町の私の宿でお話を伺いましょうか？」

大手町の老舗旅館「よしずみ」は富山城が遠くに見える武家屋敷の一角にあった。不寝番の松明が本丸を淡く浮かび上がらせていた。

玄関を開けると仲居たちが義方を迎えた。義方の大物ぶりが分かった。

「客人を連れてきました。どこか、暖かい部屋を用意いただけるかな？」

女将は一階の階段の脇の部屋に二人を案内した。

「狭いですが、暖かくしてあります」女将はそう言って、赤べこの張り子のように何度も首を振った。

火鉢を挟んで対峙した二人だったが、しばらく重い沈黙が続いた。最初に口を開いたのは義方だっ

た。

「久方です」

白華は薄眼を開けて「あの騒動以来ですか？」と答えた。

義方は「私が檀家総代の理事を辞した時のことですか？」と苦笑いを作った。

「ええ、義方先生が明治新政府の嘱託として殖産興業を取り仕切るとおっしゃった時は正直、驚きました」

「そうですね。お騒がせしてしまった」

「それも、明治新政府の富国強兵政策の知恵袋だと伺って、二重の驚き」

義方は困ったように頭を掻くと「いやはや」と照れた。

「ところで」

白華は厳しい顔になった。

「この度はどのような要件で富山までいらしたのかな？　この雪の中、東京からだとさぞかし大変だったでしょう」

義方は表情を変えずにわずかに口元で笑みを作った。

「確かに、この歳になると、冬の長旅は堪えます」

白華はその時、義方の微笑みが薄ら笑いに見えた。唇をわずかに歪め、悪さに舌舐めずりしているような濫(みだり)がわしさがあった。

白華が言った。

「私が富山の地に就いて十日をだいぶ超えました。その間、林太仲らが仕掛けた合寺令の被害をつぶさに見聞してまいった。真宗の寺院を中心にそれは目を覆うばかりの凄惨なものでした」

義方は表情を変えない。

「全ての寺の梵鐘は持ち去られ、鐘楼は焼け落ちました。そして、金箔の貼られた仏壇、仏具……」

そこまで言って白華は生唾を飲み込んだ。義方の強張った肩が小刻みに震えていたのだ。

それでも白華は続けた。

「挙句、歴史ある富山の町名まで無理やりに変えさせた。寺町は梅澤町、古寺町は常盤町、御坊町は桃井町といった具合です。これは町の謂れを無視する傲慢そのものではないか！」

白華が強い口調でそう質すと、義方は顔を歪めた。

「それで？」

老いた嗄れ声も震えて聞こえた。

「さらに横暴なのは、寺の寺宝や親鸞聖人の伝絵などを」

と白華が話し終えないうちに義方が遮った。

「穢多どもの伝絵か！」

とても白華のような高僧に対する言葉とは思えない乱暴な口の利き方だった。

白華は背を正して「それもある」と強い口調で返した。

「私が大谷の檀家総代を辞して、真宗と距離を置いたのもそこに訳がある」

「どのような訳か！」

「簡単なことだ。真宗は卑しい輩をも檀家として迎え、篤く接しているではないか！」

「それが、真宗の教えだからです。誰びとたれ差別、蔑視はしない」

義方はいよいよ声を荒げた。

「そんな奴らは檀家としてのお布施もしない。法事には無関心、貰うものを貰ったらしらんぷりだ。誠に卑しい限りである」

「それは間違っている！」

今度は義方が目を剥いた。

「間違っている、とな？」

「そうです！　真宗では穢多人を慮って、決められた寺院でのみ彼らに仏門を開いています。例えば京都でしたら岩本の浄楽寺や太秦（うずまさ）の願生寺などがそうです。そこの檀家は皆熱心で、法事にも良く通い、いわんやお布施の停滞などありません。確かに、一部の檀家には不届きな者もいるが、断じて穢多人ではありません」

義方は苦々しい表情になった。

「義方先生は本当にそれだけの理由で、大谷を去ったのですか？　もっと他に訳があるのでは？」

白華がそう訊すと、義方の頬がみるみる赤く火照ってきた。目に暴力的な光が刺した。

「よかろう。この度、私が自らこの地に就いたのは、林大参事の成果を確認するためだ」

「え？」

「真宗の仏具の秘匿を教えたのはこの私だからだ」

信じがたい一言だったが白華は義方の言わんとすることがすぐに分かった。真宗では仏壇や仏具に金箔を貼る時、外から見えづらいところに敢えて金箔を溜める習わしがあった。特に越後、越中、能登など、長く真宗への迫害があった地域でよく見られた。浄土三部経にある金仏壇の教えは、仏壇に金箔を貼って、阿弥陀如来の浄土の荘厳さを体現しなさい、というものである。しかし、それは表面上の荘厳さではなく、心の奥で祈る所依だとも諭している。心の中の信仰が豊かだったら、粗末な仏壇でも金箔が輝くよう荘厳に見えるものだというものである。だから、これらの地域では敢えて表面は地味な造作にし、扉の蝶番や、高欄のつなぎ目など目立たぬところへ金箔を貼った。迫害を受けた真宗の門徒たちの知恵である。

それを知っているのは義方のような大谷に深く関わった檀家だけだ。それを義方は林太仲に教えたというのだ。

「おかげで、真宗の仏壇や仏具から想像以上の金箔が集まった。これで、私たちは列強と戦うことができる」

「列強と戦う？」

義方は「ふふん」と自慢げに鼻を鳴らした。

「日本国が列強の植民地にならずに済んだのはなぜか？　それは我が大和民族のこの強さだ」

列強の支配から唯一逃れる方法は日本の軍事力を極限まで強めなくてはならない。義方の云いたかったのは、そのことだった。つまり。新政府が掲げる「富国強兵」だ。この考え方の背景には武士道があり、思想家であった吉田松陰の影響がある、と義方は言い切った。

「吉田松陰先生のお考えこそ、これから日本が進む唯一の道標であり、私たちはそのためにすべきことは全てやらなくてはならない。水戸学が示したように、寺院は我が国のために梵鐘、仏像、仏壇、仏具を拠出し、軍備増強のために尽くさなくてはならないのだ」

白華はそう熱く語る義方を見ていて、富山での合寺令の意味がよく分かった。つまり、盗人が盗みを、虚言をもって正当化する。

義方は懐から冊子を出して白華に見せた。

「それは？」

「吉田松陰先生がお書きになった幽囚録だ。これに日本の行くべき道が示されている。私は暗記しているから読んで進ぜよう。松本様は字面を追ったらよい」

そう言って義方は冊子を白華に渡した。表紙には達者な文字で「幽囚録」とあった。

「日は升らざらば則ち昃き、月は盈たざれば則ち虧け、國は隆んならざれば則ち替る。故に善く國を保つ者は、徒に其れ有る所を失うこと無からず、又た其れ無き所を増すこと有り。今ま急に武備を修め、艦略具え、礮略足らし、則ち宜しく蝦夷を開墾して、諸侯を封建し、間に乗じて加摸察加隩都加を奪り、琉球を諭し朝覲會同し比して内諸侯とし、朝鮮を責め、質を納め貢を奉る、古の盛時の如くし、北は滿州の地を割り、南は台灣・呂宋諸島を牧し、漸に進取の勢を示すべし。然る後に民を愛し士を養い、守邊を愼みて、固く則ち善く國を保つと謂うべし。然らずんば、群夷爭聚の中に坐し、能く足を擧げ手を搖らして國の替ざる無き者は、其れ幾き與」

（日は昇らなければ沈み、月は満ちなければ欠け、国は繁栄しなければ衰廃する。よって、国をよく保つ者は、有る領土をむなしく失わないだけではなく、ない領土を増やすのである。今、急いで軍備を整え、軍艦の計画を持ち、大砲の計画も充足すれば、すなわち北海道を開拓して諸侯を封建し、間に乗じてカムチャツカ半島とオホーツクを取り、琉球を説得し謁見し理性的に交流して内諸侯とし、朝鮮に要求し質を納め貢を奉らせていた古代の盛時のようにし、北は満州の地を分割し、南は台湾とルソン諸島を治め、しだい進取の勢いを示すべきだ。その後、住民を愛撫し、国土を養い、辺境の守りに気を配って、つまり堅固によく国を維持するといえるのだ。そうでなく諸国民が集まって争っていい中で座りこみ、うまく行動することがなければ、国は幾らかのうちに廃れるのだ）

義方は幽囚録を読み終えると、さすがに興奮した自分を恥じたのか、蒼白い顔が老醜に沈んだ。そして、唐突に肩を落とした。何かに気が付いたように目を大きく見開いた。

「畏れ多くも、松本師に対して大変なご無礼をつかまつった。お許しくだされ」と畳に額がつくまで頭を下げた。

義方の豹変に驚いた白華は、義方の肩を抱き上げるようにして、

「いや、もう宜しい。お気持ちはよく分かった。この国を案ずるが故のことだ」

義方は痛々しく正座を直すと肩を落とし「もう……、疲れ申した。もう、歳です」と嗄れた声で答えた。そして、白華を眩しそうに見ると、言った。

「一つだけ」

義方は皺くちゃな手で白華の手を握った。

「林太仲はいわば糸繰（いとく）り人形……」

「え？」

「猿回しの猿じゃ」

「どういう意味ですか？」

義方は白華の手を握り続けながらこう言ったのだ。

「広澤参議ですよ」

「広澤真臣（さねおみ）？」

「この長州の大物政治家。天皇陛下の信頼も篤い。林太仲は広澤参議の言いなりです」

「広澤参議が裏で林太仲を操っている、と言いたい？」

「左様です。広澤参議が思い描く富国強兵に感化された林は、金のなる木である仏教寺院に目をつけた」

義方は広澤参議が徳川斉昭や藤田東湖らの寺院粛正令、即ち水戸の廃仏論を支持していたのだと言う。

『戸外に安置されている濡れ仏、灯籠、仏具類を取り潰し、溶かし、大砲に相成る』

この藤田東湖の言葉を広澤は座右の銘の如く吹聴し廃仏毀釈を正当化していったのだと言う。

しかし、義方は実際に富山の地で、廃仏毀釈の惨状を目の当たりにした時、仏教徒として呆然とそこに立ち竦む自分を見つけたのだと言った。

「富山がよもや、こんなことになっているとは想像だにせなんだ」

そう言った義方の目が潤んだ。

義方は白華の手を離すと、掌(たなごころ)を何度も擦り、そして胸の前で両手合わせて喉の奥で「南無阿弥陀仏」と唱えた。

「私は、これが明治政府のためになると信じ、真宗を裏切り、売った。しかし、その結末は……」

義方はゴクリと生唾を飲み込むと「結果は……人々の一途な信仰を土足で踏み躙(にじ)り、長い間、日本人が守り続けた相互扶助の精神を破壊し、仏を毀釈し」とまで言って、喉を詰まらせた。

「……剰(あまつさ)え、私は真宗の仏壇の細工の秘匿を晒した挙句、真宗では許されない卑賤を宣(うべ)ない偏見に煽った。な、何という卑劣なことだ」

義方は唇を噛み、天井を見つめ涙がしたたるのに耐えた。

そして、両手を胸の前に置いて、合掌をした。

「白華様！　た、頼む。私を見放さないでくだされ。前のように阿弥陀の元に置いてくだされ。頼む、許してくだされ！」

激しく滂沱する義方の声が部屋に響いた。


義方恒輔は二日後、富山を発って帰京の途についた。二日ほどして、滑川(なめかわ)の外れで体調を崩し、近所の真宗の寺院に担ぎ込まれた。しかし、程なく意識が混濁し、四日目の朝、息を引き取ったという。合寺令によってこの寺の住職は還俗を迫られていたが、義方の最期を真宗の法衣を纏い法会(ほうえ)の儀式で看取ったと言う。

因みに、広澤真臣参議は、富山藩合寺事件があった翌年、何者かに暗殺された。その後も長く全国に燃え続けた廃仏毀釈の炎と広澤参議との関連性については、未だ謎のままである。

十六

その晩、白華は激しい発熱に襲われた。体躯がまるで弾むように震え、絶え間無く悪夢が白華の睡眠を遮った。

悪夢には哄笑する義方が姿形を変え登場した。ある時は檀家総代の生真面目な紳士面で登場し、突然それが日本猿の頭領になって牙を剥いた。その内、日本猿は腐敗し、壊疽した肉塊が悪臭を伴って散り散りになった。

総曲輪にある真宗正覚寺説教所の若い説教僧がずっと白華に寄り添っていた。陽が上がって白華が薄眼を開けた。

「いかがですか？　随分、苦しそうでした」

「ああ、だいぶ良い」

白華はそう答えて、衝立の隙間から障子を見た。

「もう、外が明るい？」

「ええ、良い天気です。熱さましをお持ちしました。まずはこれを飲んでくだされ」

白華は濃い茶色の汁を口に含むと、眉を顰めた。

「苦いな」

「黄連の根茎を煎じました。漢薬で一番苦いらしい」

若い僧は顔をしかめる白華を見て、喉の奥で笑った。

すぐに町医者が呼ばれた。額に手を当て、脈を診た。

「流行りの感冒でしょう。ひどくお疲れの様子だ。良く休まれることだ」

医者は薬を数種類置いて帰った。

出された粥を食べると、身体が温まり、悪寒が消えた。

白華が旅支度を始めると、説教僧の浄円が入ってきて声を上げた。

「駄目ですよ、白華様。医者様も少し休めと仰ってたでしょう」

「もう大丈夫だ。それにこうはしていられない」

浄円は白華のただならぬ覚悟に呆れたように支度を手伝った。

「今宵は早めにお戻りください。身体の温まる食材を探しておきます」

白華は「すまないな」と苦笑いを作ると、浄円が何かを思い出したように唐突に「そうだ！」と叫んだ。

「白華様は異宗教諭をされていたと？」

異宗教諭……。もう、一年も前になるか……。白華はつぶやいた。

慶応三年というと西暦の一八六七年になる。その年の夏、長崎の浦上のキリシタンたちが檀那寺との関係を絶ったのをきっかけとして迫害は起こった。仏式の葬儀を拒否し、自らの宗儀で行ったことが、幕府が定めた寺請制度に歯向かったとして、幕府は浦上のキリシタンたちを捕縛し、流罪とした。その数は四千人に及び、全国二十藩に流されたという。これが欧州列強の国々をもって「最悪の宗教弾圧」と言わしめた俗に言う「浦上四番崩れ」である。「崩れ」とは檀那寺での埋葬を拒絶することを言う。

白華は明治二年の暮れ、明治政府の命で金沢に派遣され、約六百名のキリシタンの改宗教育に携わったのである。白華はその時の経験を苦々しく思い出すのだ。

金沢の兼六園から北西の位置に卯辰山という金沢の街を一望できる小高い丘がある。風光明媚な所だが、その山麓が幕末に開拓された。養生所から芝居小屋まであって、一時は大層賑わったとされているが、明治に入る直前から衰退し、キリシタンたちがここに収容された時は、全ての施設が廃屋となっていた。キリシタンたちの収容施設としてこの地が選ばれたのは、卯辰山山麓に寺院群があって、恐らく住民との接触を絶つ目的もあったのだろう。そこの寺院に分散してキリシタン一行は収容された。白華はまず、キリシタンたちの教理を知るべきだと考え漢訳された聖書を読み込んだ。真宗で言う「浄土」をキリシタンたちは「天国」と言い、神の国を崇めるなど、真宗と共通するところも少なくなかった。そんな教理に白華は興味を持ったが、どこか違和感もあった。それが何なのか？　恐らくだが、宗教を信じさせることへの尊大さ、とでも言うのか、キリスト教を信じない者は救われない、と決めつける傲慢さが白華には違和感として感じたのかもしれない。

しかし、異宗教諭に携わっていた真宗の高僧たちが異宗教育に真面目に取り組んでいるとは思えなかった。聖書を読み解くこともなく、もっと幼稚な論法で棄教を迫っていたのだ。

そんなある日、白華の大先輩にあたる大内実玄という権僧正という高い地位の僧侶が教諭をすることになった。金沢に流された壮年の男のキリシタンたちが対象だった。白華はその助手を請われ、異宗教諭会に参加した。キリシタンは外見では仏教徒と区別がつかない。服装も田舎の百姓と同じで、キリシタン特有の飾り物を身につけているわけでもなかった。

権僧正の実玄は冒頭に乱暴な口調でこう語った。

「神道、仏道、儒教の道を知らぬから耶蘇（やそ）教（キリスト教）のような邪教へ迷い込むのだ」そんな恫喝に近い論理を振りかざしたりした。

集まったキリシタンたちは下を向いたまま、ため息一つ漏らさなかった。

「そのような誤った宗派を信じるから、罪を背負ったまま流され、辛い目に遭わなくてはならない」

実玄はそう続けたが、さすが、このような高い地位になる僧侶は説教も巧みだった。急に優しい言葉遣いになって「何も、我らが真宗に改宗せよとは言わない」と諭すように言った。

「真言の大日様にすがっても構わないし、禅を組んで、悟りの境地に身を沈めるのも宜しい。もちろん、真宗で浄土に導かれるのもよいだろう」

実玄は一葉の和紙を翳した。

「これが改宗届じゃ。ここにお前たちの名を記さえすれば改宗とみなす。文字が書けない者は我らが代筆する」

その時だった。

「あのなー」と一人の男が声を上げた。

声の方向に白華は目をやった。濃い無精髭と同じくらい肌の黒い農民が照れたように唇を歪めていた。

「どうした?」

男は立ち上がり聞きづらい長崎訛りでこう言った。

「只今ここで、改宗いたしますくらいなら、国元に帰って改宗いたしまする」

白華は驚いてその男を睨みつけた。つまり、この金沢の地で、それも権僧正という高僧をもってしても改宗はしない、と言い切ったのである。実玄はみるみる内に顔を赤めて怒鳴るように男に問うた。

「ならば、お前は天子様とお前たちキリシタンを従える異国人といくさをすることになったら、どちらの味方をするつもりだ?」

男は穏やかな目を細め言った。

「私どもキリシタン宗門は……」

白華は次の言葉を待った。

「殺生せぬことを神様に誓い、だから決して戦いはいたしませぬ」

その一言に実玄は目に火箸を挿れられたように痛そうに目を閉じた。

「お、お前たちの宗門はいくさをしない、と申すか?」

「いくさはもとより、人を傷つけること、言葉で脅すこと、虫ケラでさえ殺しはいたしませぬ」

その一言に実玄は自らを恥じるように唇を歪めた。

正にこれも仏道の教えだと白華は思った。

確かに、今、この国はどうだろう？　いくさに明け暮れ、人を殺め、騙し、ことごとく五戒を破り、あまつさえ僧侶でさえ、守るへき八戒を抛り蔑する有様ではないか。よほど、実玄の前に座するキリシタンの方が仏道を凌駕する美しい心を持っているのではないか？

実玄はその男に向かって首を垂れ、合掌をして名を訊ねた。その男の名は、

……重次郎。


白華はその一人の農民の名を思い出すと、万感が胸に迫るものがあった。

浄円が白華を覗くように訊ねた。

「これから我らがキリシタンたちに改宗の説教をしに参ります」

白華はあの時の重次郎の毅然とした姿を思い出し、懐かしさが込み上げた。

「浄円さんも行くのかい？」

「ええ、ただ……」

「ただ、何だい？」

浄円は困った顔で白華との視線を避けた。

富山藩では、キリシタンたちをあちこちの寺院に分散して収監した。それだけでも過酷な環境での

生活を余儀なくされていたのに、この合寺令が一層凄惨たる状況に陥らせた。例えば、真宗寺院の合併所の大広間に千二百人もの門徒が強制的に収容されたという。その中には当然、真宗寺院に預けられていたキリシタンたちも含まれていた。合寺令によって真宗寺院への迫害をつぶさに見てきたキリシタンたちは、いくら高僧が来て説教しようとも、もう、仏道そのものを信用する芽が潰されていたのだ。浄円が「ただ」と口籠ったのはそのことを言いたかったのだろう。

　総曲輪にある真宗正覚寺説教所から南西に行くと楽入寺という真宗の古刹がある。破壊された山門をくぐると、正面に本堂が見える。そこも屋根が潰れていた。右手に大きな食堂（じきどう）があった。楽入寺はここ界隈の説教所を束ねる中心の寺院であった。そのため、百人や二百人は収容できるいわゆる説教所を兼ねた食堂があり、どうやらそこにキリシタンたちが収容されているらしい。現在は三十七名だと、浄円は言った。異宗教諭は浄円以外に見習いの修行僧が四名、それに白華が加わり、六名の真宗の僧侶が食堂に入った。食堂は長い机が整然と並び、広い。そこの奥に農作業着姿の男たちがいた。

　白華たち僧侶に気が付いたキリシタンの男たちは両手を合わせ、深く首（こうべ）を下げた。ただし、彼らは手の甲を合わせるのではなく、左右の指を互い違いに組み、胸の前で合掌した。

　この祈りの作法がキリスト教独特のものであることを白華は知っていた。この作法にも彼ら独自の祈りの美しさがある。真宗も手の甲をピッタリと合わせ、親指の間に房のついた数珠を捲く。これもまた、美しい祈りの姿であった。

　その時、鋭い目線で白華を睨む目線に気がついた。それにどこか懐かしい。

　そう、その男は重次郎だったのだ……。

重次郎は目線を緩めると少し口角を垂れた。

「お前はたしか重次郎と言ったな。金沢の卯辰山で会ったことがある」

「はい」と重次郎は答えた。

浄円が白華の耳元で囁いた。

「あの男をご存知なのですか？」

白華は顎で肯いた。

「あの男は改宗届を出しており、棄教しておる身です」

浄円のその一言に白華は驚いた。

「私は半年ほど前、金沢でこの男と会った。話はしていないが、気骨のある奴に思えたが。それに改宗しているのなら、異宗教諭の集まりなぞ出なくても良かろう」

浄円は「それが……」と口を噤んだ。

「これを」

浄円は一葉の書留を白華に見せた。

「改宗戻し御願い」とあった。

「重次郎からのものです」

浄円は白華を覗き込むように言った。改宗戻しは一度キリシタンから仏教に改宗した者が元のキリシタンに戻る、その願い書である。白華はこれを見るのは初めてであった。この願い書を出すというのはそれなりの覚悟がいることは容易に想像ができる。キリシタンの男と女は別々の寺院に収容され、たとえ夫婦でも会うことが許されなかったのだ。改宗することで本人は様々な特権が得られる。必要ならば外出し、知り合いを訪ねることもできるし、収監されている寺から自由に他の寺を訪ねることもできる。もちろん、夫婦が会うことも叶うことになる。

「重次郎には何か事情があって改宗したのか？」

白華がそう訊ねると浄円は「ええ……」と曖昧に答えた。

「改宗戻しは異宗教諭の花押をもって役所に提出する必要があります。丁度、白華様の署名があれば戻しが許されます。ただし、戻した場合、以前より、より厳しいお仕置きが待っていますが」

白華は異宗教諭を仰せつかった時、この規則を初めて知った。改宗した者が元の宗派に戻ろうというのはそれなりの理由があるはずだと、その時から白華は思っていた。つまり、キリシタンであるが故に許されない何かをどうしても遂げたい。キリシタンと接していて、彼らの信じるものは「愛」だと白華は思うようになった。神への愛、夫婦の愛、子たちへの愛。それは深く、気高く、そしてそれに「慈悲」という概念が加わる。情け深く、他人をいつくしみあわれむ気持ちとキリシタンたちは理解しているらしい。自分に対しても家族に対しても、あるいは罪を犯したような悪人にでさえ、キリシタンたちは愛と慈悲を与える。

その時、白華は気が遠くなるような衝撃を受けた。

これは正に真宗でいう「悪人正機」の教義ではないか？

それを考えるとき、白華はいつも「抜苦与楽（ばっくよらく）」という教義に行き着くのである。衆生の苦しみを取り除いてあげたい、すなわち抜苦は慈悲の「悲」で表す。「与楽」は安楽を与えすること、これは「慈」

の意と学んできた。

重次郎は彼らキリシタンの愛と慈悲という教えの中で改宗までして選んだものは何だったのだろう？

改宗戻しの書留に花押を認めた白華は、重次郎の前に座った。

「あとは浄円が良きにはからってくれる。また、お前はキリシタンに戻り、また、辛い日々を送ることになるが、覚悟はできているのだな？」

白華の言葉に重次郎は両手を合わせ有難そうに大きく肯いた。

重次郎の目は、深緑の山里のように穏やかだった。何故だろうと白華は思った。

「お前は偽りをもって改宗をしたな？　正直にその理由を申せ」

白華が強く言うと、隣にいた浄円が白華の肩に軽く触れて言った。

「西光寺の住職の慈慶師が白華様にお会いしたいと」

西光寺というとキリシタンの女性たちが収監されていた真宗の寺院だった。

その時、白華は重次郎の目が潤んだのを見逃さなかった。

初老の穏やかな目をした慈慶は白華の前で畏まった。心の優しさが身体中から滲み出ていた。

慈慶は眩しそうに重次郎を見ると「元気そうだな」と優しく声を掛けてきた。

「その節はお世話になりました」

その一言に、白華は重次郎が改宗した理由が読めた気がした。

丁度半年前、西光寺の記録にはこう記載されていた。

「肥前浦上村重次郎が妻、キク、四月二十八日藩よりお預け人ヤソ宗徒（キリシタン）の内、六月二十日、きく、母子出産の難儀にて死去する。西光寺にて取り置き、経をあげ、長坂焼き場にて埋葬いたした。母、キクの法名は妙信、子を妙聞とし阿弥陀仏の棒杭を相立て……」

この重次郎の妻、キクの大幅な出産の遅れが原因となり、ひどい難産を知った重次郎は何とかキクの介抱に西光寺を訪ねたかった。しかし、キクのいる西光寺への通いは棄教が条件であった。

西光寺の住職、慈慶が重次郎にこう言い詰めた。

「お前は自らの信心まで偽って改信して、キクの見舞いに来た。そこでワシはお前の献身的な介抱の姿をしかと見届けた」

白華はその言葉に慈慶が観た何かを感じ、込み上げるものを禁じ得なかったという。慈慶は重次郎に何を感じたのだろうか？

それは信仰の愛ではなく、妻、キクへの愛だったのだろうか？　白華はそれが知りたかった。妻への愛……そんなものはキリシタンが独占しているものではもちろんない。しかし、真宗の僧侶である慈慶がその愛を見たとでも言うのだろうか？

重次郎が涙声になって言った。

「いいや、ワシは慈慶和尚が何よりキクのために身を削り、看病に勤しんでいただけたこと、そして、寺の皆様もキクのために……」

白華はその時初めて知った。西光寺も合寺の犠牲になった。山門は壊され、梵鐘は持ち去られ、そして金目の寺宝は奪い取られた。それにも拘らず、身重の異教徒のために寺人総出で介抱に勤しんだ。白華が学んだことは宗派なるものの脆弱な教義だった。宗派たるもの、よほどその出立した時の「心構え」が異ならない限り、もしかしたら姿を変えた同じ神々を崇め、その教義を違った祈り方で手を合わせているのではないか？　それを無理やり教義に例えれば、愛であり、慈悲であり、命に対する畏敬であり、何より「優しさ」ではないのか？

重次郎は言った。

「ワシは慈慶和尚の元にいて、真宗の慈悲を知り申した。そして、今、それは、宗派の違いでもなく、心の中にあるどの神の愛に縋（すが）るかの違いであることを知りました。たまさかワシの神は耶蘇。だから元に戻していただくだけです」

富山市婦中町（ふちゅうまち）に「長沢西光寺・流罪キリシタン・キクの塚」が現在も残っている。キクとその子は西光寺の門徒たちによって手厚く葬られたのであった。

十七

富山城から東へ行くとすぐに街並みが消え、畦道（あぜみち）が真っ直ぐ水田の中を貫く広い農地となる。水田はもちろん雪の中に埋まっていたが、雪道に足を取られながらしばらく歩くと、常緑の深い森にぶつかる。真冬にも拘らず鬱蒼とした木々から熱を帯びた柔らかい風が白華の頬をなぜた。そこから鎮守の無垢の社だけが母斑のように濃い緑に浮いた。

じき、西新庄の集落に着く。

正願寺は集落を貫く村道の脇にあった。

白華はこの寺の名前を知っていた。だいぶ前だが、真宗大谷派の門徒について検見した台帳の編纂を任されたことがあった。門徒の職掌、地盤などが主だが、その中に「穢多寺」という項目が別にあった。主だった門徒が穢多村の出だと穢多寺、あるいは穢寺（えじ）と呼んだ。穢多寺は京都周辺に集中しているが、金沢にはない。富山藩には唯一、この正願寺が穢多寺だった。

蔑まされてきた穢多人を門徒として迎え、彼らの心の平穏と浄土に導くことこそ、真宗の大義であった。

白華はそんな謂れの正願寺の門前に立つと、思わず手を合わせ、念仏を唱えた。

世間の誹（そし）りにも耐え、賤まされた人々に堂々と念仏を捧げる。正に親鸞が描いた浄土の世界そのものではないか。

白華はごく小ぶりの地味な作りの正願寺の山門の前に立つと、込み上げるものを抑えられなかったのだった。

白華は岩瀬の湾港の倉庫で見た親鸞伝絵の犬神人の絵図が瞼に焼き付き、それは熱を持って白華の脳裏を駆け巡った。親鸞伝絵は親鸞の生涯を詩歌に描いた絵巻で、確か十九巻の「葬送荼毘（だび）」に葬列の先払い役である赤装束に白頭巾姿の犬神人が描かれていたはずだった。

しかし、白華は野原で荼毘にふせられた親鸞の墓標を悲しげな表情で見つめる犬神人の図柄は見たことがなかった。いわんや、彼らが泣き崩れる様子を描いたものなど知らない。

この絵巻が何故ここ正願寺で所有していたのか？　白華はそこにただならぬ謂れを感じ取った。

この寺も他の浄土真宗の寺と同じように狼藉に遭っていた。山門はかろうじて燃やされずに済んだようだが、鐘楼は焼け落ち、もちろん梵鐘はない。手水舎（ちょうずや）の屋根も崩落し、濯ぎ口は鉄槌で叩き割られたのか、無残に破壊されていた。

本堂は小高い丘の上にあった。雪が残る石段を登ると本堂の全貌が見えてきた。向拝の庇が落ち、正面の帯桟戸は外れ、框が崩れ落ちていた。

明るい日差しが外陣を照らした。その光に反射して、内陣がぼんやりと浮かび上がった。仏壇は無事のようだ。いや、本尊の阿弥陀如来も残っているようだった。本尊が無事なのは稀有なる例だった。

外陣は荒らされている様子はない。ただ、八角の厨子が扉を開いたまま倒されていた。

白華はその厨子から発せられる何かを感じ取った。あの親鸞伝絵の巻物はここに入っていたのだ。

そう、白華は確信した。両手を合わせた白華の掌にまた、涙が滴り落ちた。

その時、恭介の声が山門辺りから聞こえた。

「松本さん！」

恭介は目立たないように白華の跡をついてきたようだ。

白華は本堂から出て、石段を降りようとしたその時だった。

突然男が、白華の前に立ちはだかった。

粗末な木綿の作務衣をはおり、粗野な髭面が蓑笠から覗いた。

そこへ息を切らして恭介が男と白華の間に割って入った。男は武器を携帯していない。それに熊のような野人の面構えだが、目は優しい。

「恭介さん、大丈夫だよ。この方には殺気がない」

恭介は抱えていた木刀を緩めた。

「この寺に何か用事か？」

法螺貝が轟くような荒々しい声だった。

「お前こそ誰だ？」

恭介が負けずに吠えた。

男はギョロリと恭介を睨むと「ここの寺男だ」と答えた。

寺男は茂三（しげぞう）と名乗った。この寺が狼藉に遭った後も、ずっと寺を護ってきたという。

「住職は無事か？」

白華が質した。

茂三の髭面が曇った。

「住職は……、重い病で」

「重い病……」

茂三は首を何度も振り、鼻を啜った。

「もう、余命幾許（いくばく）ともないが、ところであんた方は？」

茂三はそう言って白華を眩しそうに見た。

「私は松本白華と言います。真宗の寺の災厄を大谷に報告しなければならない」

茂三は目を細めた。

「狼藉を逐一吟味しているという東本願寺の偉いお坊様ですか？」

茂三は膝を折って畏まろうとしたのを白華が止めた。

「同じ、真宗の門徒だ。気配りは無用だ。それより、住職に会えるか？　どちらで養生されている？」

「へえ、檀家の名主さんの家で。この寺の庫裏はもう使えませんで」


　正願寺の参道をしばらく戻ると、西新庄の「戌守（いぬかみ）」という字（あざ）に出る。集落の西の入り口に地蔵の祠があり、向拝に弓幹（ゆから）の焼き物が吊るしてあった。ごく小さな、恐らく越中瀬戸焼の「かなくれ」と言われる紫の焼き物だが、弓の弦（つる）を張る弭（ゆはず）の部分に穴が空いていた。そこに麻の弦が通してあった。つまり弓弦（ゆづる）を模った焼き物である。これが、清水坂で弓弦を製造していたという非人たちの謂れによるものだとすれば、字の名前を踏まえても、そこが犬神人を祖とする人たちの集落であることが分かる。

ただし、辺りはごく普通の農家の造りで、犬神人の名残などどこにもない。

　集落の丁度真ん中辺りに周囲より二周りは大きな農家が庄屋の建物だった。そこに正願寺の住職がいるらしい。

出てきたのは白髪の老人で、眉毛が目を覆う程に伸びていた。

「わしが戌守の庄屋、丈助や」

庄屋は遠慮げにそう名乗った。正願寺の檀家総代だという。何処にも犬神人の子孫である徴（しるし）はないが、唯一、框の脇に戌守を表す狼の文様が彫られてあった。


正願寺の住職は仏間にいた。白華が訪ねてきた気配を察してか、上半身を起こして、白華を迎えた。やせ細り、顔色も悪く、病が重いことが分かる。まだ、五十には届かない歳なのだろうが、ひどく老けて見えた。

「お加減はどうですか？」

白華は慮った口調で訊ねた。青褪めた住職の顔がわずかに赤みを帯びた。

「恐れ入ります。本来なら法衣を着してお迎えするべきところですが、こんなざまで失礼をいたしております」

白華は目を細め、そして「大悲」という文字を掌になぞった。白華はいつもそうやって人々の苦しみを除き、安楽を与える、即ち「抜苦」と「与楽」を観音に縋（すが）り、その慈悲を祈るのだった。

何故、白華は観音に手を合わせるのか？

慈悲の観音が座す仏殿を「大悲殿」と呼んだ。真宗の本尊は阿弥陀仏でいわば悟りを開いた如来で、観音とは違う。そんな白華でも、観音経や般若心経に登場する観世音菩薩や観自在菩薩に不思議な魅力を感じていた。教えをそのまま信じれば、慈悲行を通じて如来の位に上ろうとするいわば修行者、菩薩である。凡夫を哀れみ、救いの声を聞き、手を差し伸べ、苦厄を救ってくださるとある。この考え方はどこか真宗とあい通ずるところがあり、そこに白華は魅力を感じていたのかもしれない。

「ご住職のお名前は確か桂……」

「はい、桂了慈と言います」

「そうでした。富山では唯一の穢寺、大変なご苦労があったのでしょうが、真宗の仏界をこの世で遣られていること、心より敬服いたします」

白華が合掌すると、了慈は辛そうな顔を少しだけ解して、合掌を返した。

「先日、岩瀬の港の小崎組の倉庫に行きまして、そこで正願寺の寺宝を拝見しました」

白華がそう言うと、了慈の沈んだ目が一瞬、輝いた。

「無事でしたか？」

「ええ、明治政府から遣わされている羽田明文神祇官が厳格に保全しているようです」

了慈の強張っていた肩が緩んだ。

「あの犬神人が描かれている親鸞伝絵は私共が存じている伝絵とは少し異なったもののようです。特に犬神人のかような描写は見たことがない。謂れをお教えもらえますか？」

白華の問いに了慈は白湯を啜って弱々しい声で「はい」と答えた。

了慈が語った親鸞伝絵の謂れはこうであった。

江戸のはじめ、二人の僧侶が正願寺を訪ねてきた。一人は、伊勢は津の専修寺（せんじゅじ）から、もう一人は岡崎の上宮寺から遣わされた共に真宗の僧侶だったという。二人はそれぞれの寺に寺宝として伝わってきた親鸞伝絵を携えていた。

それが、白華が岩瀬の港で見た、犬神人が親鸞の死を悲しむ二葉の図柄であった。

「この親鸞聖人伝絵にある犬神人は、穢れを扱う癩人の法師としてひどく蔑まされてきました。しかし、この伝絵こそが、犬神人が親鸞に帰依した門徒であり、清らかで平等な心を持った真宗門徒である証です」

遣いの僧侶たちはそう語ったという。そして、正願寺が犬神人を檀徒として迎え、正しく仏界を諭し、念仏を捧げたことを心より尊崇し、この伝絵を伝えるべきは正願寺をもって他にはない、と二人の僧侶は話した。

「当山は専修寺様と上宮寺様のお申し出を有り難く受け入れ、それ以来、寺宝としてお預かりしてまいりました」

了慈はそう言って手を合わせた。

「私たちはかような親鸞伝絵に巡りあったことを感謝し、三十日に一回『犬神人法話会』を催し、門徒たちに開帳し、差別のない仏界について学んでまいりました」

白華は大谷の元で日々のお役目に汲々としていた。だから、頭では理解していたつもりだが、末端の寺で、檀徒たちとどう向かい合い、どのような布教が行われていたかまで知る由がなかったのだ。

白華はそんな自分を恥じた。

話している内に、了慈は明らかに苦しげな息遣いになった。

丈助と茂三が了慈の肩を支えた。丈助の女房が白湯を了慈の口に含ませた。

白華の目にも、了慈の病状が予断を許さないように見えた。

「お話は分かりました。お身体にさわっては宜しくない。これでお暇しますので、お休みください」

その時、了慈が目を大きく見開き「いや、大丈夫です。もう一つだけ話しておきたいことがあります」と言った。

白華は目で頷いた。

「この法話会は当山でもう百年以上続いている。穢寺として犬神人を門徒として迎えている、富山では唯一の寺です。私たちの心の拠り所はこの二葉の親鸞伝絵です。ここに描かれた犬神人の姿を見ながら、ずっと親鸞の仏界を学んできました」

了慈は目を閉じた。歴代の住職がその法話会を絶やすことなく続けてきたが、了慈の代になって病でしばしば休むようになったという。

「その時、二人の門徒がこの法話会を私の代わりに引き継いでくれたのです」

「それは、どなたですか？」

白華が訊ねた。

「鹿王山・常立寺の三浦依乗和尚とその夫である三郎衛……」

思わぬ名前に白華は息を呑んだ。白華は何かの因縁を感じ「三郎衛さんは」と言いかけて黙った。

了慈は当然、三郎衛が一揆の首謀者として長圓寺の刑場で処刑されたことなど知っているはずだ。そこで白華はこう訊ねた。

「私も三郎衛さんの処刑は誠に理不尽だと考えますが、それにしても不可解ことが多い」

白華がそう言うと了慈がまた、呼気が苦しげに閉塞した。

丈助が言った。

「和尚、あの日のことをお話ししたいのですね？」

了慈は顎を引いた。

「茂三さん。このことはお前が一番よく知っているじゃろ。お話ししてあげなさい」

茂三は困ったように周囲を見回したが、覚悟を決めたように、姿勢を正した。


合寺令が布令して十日目の早朝に事は起きた。

「毀釈果報行」の幟旗を翳した一団が正願寺の山門に集まり始めた。その数二十人。

「邪宗の剿滅をもって、神の国の果報の行を奉る」

黒い股引き姿で、蓑をはおり、手には鳶口が握られていた。全身から暴力の炎が漲っていた。しばらくして、頑丈そうな滑車を付けた大きな荷車が寺に横付けされた。

先頭の男が鳶口を振ると、一同は参道の砂利を蹴りながら山門をくぐった。また、大きな声で「神の果報の行を奉る」と叫んだ。

正願寺には茂三をはじめ、数人の寺男と門徒がいたが、茫然とその様子を見守るしかなかった。

最初に、梵鐘を吊るしていた太縄が切られ、梵鐘が大きな音を立てて転げ落ちた。同時に鐘楼に火が放たれた。袴腰から白い煙が立ち上がった。一人の男が慣れた手つきで梵鐘の竜頭（りゅうず）の部分に縄を通すと、合図を送った。数人の男たちが縄を引き荷車の滑車と繋げた。滑車がからからかと音を立てて回り始めた。重い梵鐘は徐々に荷車に引き寄せられ、最後は男たちが一斉に梵鐘を引き上げたのだ。その間、約半刻（三十分）、あっという間の出来事だった。そして、荷車に梵鐘が積まれると、まるで逃げるように荷車は立ち去ったという。

鐘楼は焼け落ち、暴徒たちは次々に手水舎や庫裏などを破壊していった。

そして、本堂に集まると、誰かを待つように動きを止めた。

しばらくして、二人の男が山門をくぐった。一人は黒のオーバーコートを着ていた。もう一人は萌黄の神官服姿だった。

「黒のオーバーコート？」

白華が茂三に質した。

「富山城下でしたら誰でも知っている」

茂三はそう答えた。

「林太仲か？」

茂三は唇を噛んだ。

「それにもう一人が原弘三……」

白華は寒気がした。なぜ、富山藩の中枢にいるこの二人が正願寺の廃仏毀釈の現場に来たのか？

林太仲は燃え落ちた鐘楼を腕を組んで眺め、満足そうに何度か頷くと、本堂に向かった。

本堂正面の帯桟戸に手を触れると人足に顎で合図を送った。一人の人足が大型の掛矢を持ってきて振り上げた。破裂したような音がして、桟戸は框を残して倒れた。

その時、林太仲の足が一瞬躊躇して止まった。本堂の中から念仏が聞こえたのだ。澄んだ、高い声だった。

まず、原が土足のまま本堂に入った。

「お前は！」原の驚愕した叫び声が境内に響いた。

念仏が止まると、内陣に座した僧侶が振り向いた。

「依乗……！」

正願寺の本堂の内陣で声明をあげていたのは依乗だったのだ。

「何をしておる！」

原がまた叫んだ。

「いつものように四奉請の勤行を」

依乗は落ち着いて答えた。

「ええい、邪魔だ。お前は富山藩が発した合寺令を心得ているだろう。これは神の果報行だ。寺を廃し、仏像を毀釈する」

依乗は立ち上がると「ええ、仏への冒涜」と絞るような声で応えた。

「何！　お前も周知しているはずだが、合寺令に逆らった者はその場で捕縛され、一ト月以上牢獄に留め置くのが咎だ！　それを覚悟の上で逆らうのか？」

依乗は内陣を出ると、原と林太仲を交互に見た。鋭く抉るような目だった。

「富山藩の大参事、それにこの合寺令を仕切る権小属というお二人のお偉い方が何故、かような貧乏寺へ？」

「まぁ、そう苛立つな、お前は確か加積の真宗の寺……」

原がまた、怒鳴ろうとしたが、林がそれを静止した。

「常立寺の三浦依乗です」

「そうだ、思い出した」

林は厭わしい目で原を睨んだ。原は依乗を口説いていた羞かしさからか目線を外した。

「なるほど、確かに坊主にしとくのはもったいない、よか女だ」

そう言って林も目を細めた。

「本日から、神の果報の行が城下の寺々で始まる。まず、我々が見るに姦邪な寺から手始めに行おうと考えてな」

「この寺は金箔に塗られた仏具などありませんし、御本尊はこのように木造の古びたものです。梵鐘は立派ですが、もう運ばれた後ですし」

依乗がそう話すのを無視するように、林は外陣を見回した。

「確かに、何もないな。ただ、噂だと、この寺には檀徒がえらく崇める寺宝があると聞いたが」

林の声が不気味に沈んだ。

「寺宝……?」

「ある方がそれを欲しがっている」

原が依乗の肩越しに囁いた。

「大人しく差し出せ。そうしないと本堂の中をことごとく壊されてしまうぞ」

こいつらが狙っているのは、あの親鸞の犬神人の伝絵……。

依乗はそう確信した。あの伝絵はこの寺の門徒たちの心の拠り所だ。真宗の門徒としての証でもある。それが毀釈される……!

依乗は気が遠くなる思いだった。震える唇で依乗は原の神官服の袖を引いた。

「私、原様の合寺令周知の巡行に同行し、身の回りの世話をさせていただきます。ですから、この寺の寺宝には手を出さないでくださいまし」

掠れるような声だった。林は依乗のその一言を聞き逃さなかった。

原を睨みつけると、

「何だ、原はこの坊主にそんな口説きをしておったのか!」

原は痛そうに顔を歪めて「い、いや、そんなことは」と口籠った。

「ただ、いくらお前が身体を張っても無駄なことだ。富山藩の寺は寺宝であろうと何であろうとことごとく毀釈される。この果報行こそが、すめらみこと、すなわち御神(おんかみ)天皇に対する我々の果報と奉り正しい神道を創世するのだ」

林は声を荒げそう言った。

外陣を舐めるように見ていた林は、厨子に気付き「なるほど」と呟いた。

厨子の宮殿部を抱えると、林は須弥座の閂(かんぬき)を抜いた。戸口が鈍い音を立てて開いた。一塊になった絵図が見えた。

「これか？」

林は勝ち誇った目で依乗を睨んだ。

絵巻を広げると、林は不思議そうな顔になった。

「これが寺宝か？」

依乗は唇を噛んで返事をしない。

「こんな薄汚れた絵巻に何の値打ちがあるんだ？」

依乗はまぶたの涙を貯めるように上を向くと「お願いです」と叫んだ。

「それだけには手をつけないでくださいまし。それは犬神人たちの……」

とまで言って依乗は喉を閉じた。

「今、犬神人と言ったか？」

林の尖った声が依乗を刺した。

「そういうことか。どうもこの寺は卑しいと思っていた。あそこは穢多寺だという噂は本当だったのだな。しかし、これで廃仏毀釈の本懐の言い訳が立つ。あの犬神人を退治したとな」

依乗は悔しさのあまり、唇から血が溢れるほどに噛んだ。この理不尽な仏の冒涜者に激しい怒りを覚えた。それはまるで天空に轟く雷のごとく、激しく体躯を震わせた。

白華はかたく閉じていた目を薄く開けると、茂三に優しく声を掛けた。

「親鸞聖人の犬神人を描いた伝絵は、無事だった。私はそれをしかと見定めた。なぜ、林太仲たちはその場で燃やすなり、破り捨てるなりしなかったのだろう？」

茂三は困った顔で返事をしない。茂三の立場でそのようなことを知るよしもないのだ。

その時、丈助が口を開いた。

「依乗様は……」

「依乗がどうした？」

白華が質した。

「依乗様は親鸞聖人の伝絵が持ち去られるのを呆然と見送っていました。そして、急に思い立ったように寺を飛び出しました」

「飛び出した？」

丈助は一言「強い方です」と答えた。

依乗は常立寺に戻ると庫裏に籠り檄文をしたため、その日の内に城下の主だった真宗の寺に配り始めたという。その姿は何かに取り憑かれたような怨霊の激しさだった。

そこには、正願寺の親鸞聖人伝絵が毀釈果報行の暴徒たちによって持ち去られたことが詳細に書かれていた。さらに、この伝絵は犬神人にとっては何よりの心の拠り所で、真宗の正しき仏界の証であること。そして最後にこう訴えていた。

『どうか、私たち真宗の僧侶がこの暴挙に対し、無事に伝絵を取り戻せるよう、請願に立ち上がってください』

この檄文には集合場所、時間、幟の文面まで細かに指示されていたという。

「依乗様は集まってもせいぜい十数人と読んでいた。それでも、とにかく抗議の狼煙を上げなくてはならないと追い詰められた心情のようでした」

丈助はその時の依乗の様子をそう語った。

白華は依乗の叔母である慈妙の証言を思い返した。慈妙はこの檄文について、真宗の僧侶の心を掴む何かが書かれていたと言った。それを依乗が認めたと丈助もはっきりと言った。しかし、白華はずっとその檄文が三郎衛が書いたものと思い込んでいた。だから首謀者として処刑されたと……。

「違うのか……？」この事実は白華にとって衝撃以外、なにものでもなかった。では、なぜ、三郎衛が処刑されたのか？

「依乗の檄文に応じた僧侶は百名程に達し、総曲輪の真宗正覚寺説教所に集まったそうですね」

白華がそう質すと、丈助は大きく肯いた。

「よくご存知ですね！」

「最初は僧侶だけで請願するつもりだったと聞きます」

ところが、正覚寺説教所を出ようとした時、農民たちが竹槍を持って集まってきた。その数、既に数百に及んでいたという。

「ここは我々が、直接、大参事と話をする」と僧侶たちが諭したが農民たちの勢いは収まらなかった。大手門の大通りに差し掛かると、農民たちの数は千人をはるかに超え、二千人になんなんとしていた。

その光景は城を警護する警邏たちを震え上がらせた。

茂三が言った。

「それは、数だけではありません。合寺に露骨に抗議し、中止を叫ぶ門徒たちが今にも竹槍を構えて城内に攻め入る勢いでした」

その場にいた茂三でさえ、農民たちの勢いに恐れ戦くくらいだったという。

警邏たちと謀反を起こした僧侶と農民のにらみ合いが続いた。しばらくして、権少属の役人、原弘三がものすごい形相で姿を現した。

「この一揆の首謀者はどいつだ！」

原が叫ぶ。

「もうすぐ、藩兵が来る。鉄砲と槍を携えさせた。二の丸の中からも鉄砲隊がお前たちに狙いを定めている。この私が命令すればすぐにでもお前たちなぞ、一発で仕留めてやる」

原の脅しは効いた。一部の農民たちがざわついた。

その時だった。一人の僧侶が前に出て「これは一揆ではありません」と叫んだ。

「お前は……！」

原の表情が強張った。

その僧侶こそ依乗だったのだ。依乗の顔は真っ青で、唇が小刻みに震えていた。一揆の首謀者がどのような咎に処されるかは皆知っていた。小規模な一揆なら数日、牢獄に押し込まれ、鞭打ち程度で許されるが、大規模かつ武器を携えているとなると、間違いなく極刑だった。僧侶でもそれは同じだった。僧侶の身分だと斬首。農民だと磔だった。

原は顔を歪めると「お前、覚悟はできているのか？」と小さな声で訊ねた。原の声も震えていた。

「親鸞聖人の伝絵をお返しください。原様ならできるはず」

依乗はそう言うのが精一杯だった。依乗を取り囲んでいた僧侶たちが依乗の肩を抱きかかえるようにして一斉に言った。

「私たちは謀反を犯すつもりはありません。真宗は蔑まされ、差別されてきた人たちを救うことが仏界の正しい道と信じています。犬神人にとって、あの伝絵は真宗によって救われるという唯一の証なのです。どうか……」

原は笑いを堪えるように前屈みになって「犬神人を救うだと？」と言った。

「だから真宗は卑しいんじゃ。屍体を漁る連中まで信徒にして檀家を増やす。だから、富山は真宗ばかりなのじゃ。お前たちは昔から何かにつけ藩主に逆らい、一揆を焚き付けては世の中を混乱に貶めてきたろう！　そういう宗教なんじゃ」

原はそう吠えると、また、不気味な目を作った。

「今まではな、それでも仏に対する遠慮もあった。世間の目もあった。誰でも仏教徒たちを殺めたくはない。しかし、今は違う。新しい政府がはっきりと神仏(かみほとけ)をわけ、大参事様が合寺令を発し、そして、それに楯突く者は然るべき咎を受ける」

原が右手を挙げた。農民たちが危険を察してドドっと動いた。

その時だった。

二の丸から百名にもなる鉄砲隊が登場した。横一列に整列すると、一斉に鉄砲を構えた。藩兵たちの息遣いが荒い。脅しではない。農民たちのどよめきが悲鳴に変わった。

「あいつら、本気や！」

誰かがそう叫んだ。

その一言で二千もの群衆が我先に逃げ道を探った。

その勢いで倒れ込む者もいた。その上を踏みつけるように人々が一斉に逃げ出したのだ。

原は勝ち誇ったように依乗を睨みつけた。

「お前は心底、勝気なおなごじゃ。大人しくわしの話を聞いておれば良いものを、こんな騒動を起こしおった。しかし、この代償は大きいぞ。今ここで、見せしめに百姓どもを撃つ。鉄砲隊は百名はおるから、一勢に弾を放てば間違いなく百人は撃ち殺される。これも全部、お前のせいだ。そして、お前は首謀者として、その首が神通川の縁に晒される」

原はもう一度腕を高く掲げた。

そして、腕を大きく振ると、ドドーンと激しい銃声が轟いた。農民たちは叫び、逃げ回った。

その時、原は腰に手をやって笑い転げた。

呆然とする農民たちを前に原が怒鳴った。

「安心せい！　今のは空砲じゃ。しかし、次は本物の弾を込めてある。さっさと竹槍をそこに捨て、解散しろ！」

この原の脅しは農民たちに効いた。一人、二人と引き上げ始めると、あっという間に山が動くように、農民たちの姿が大手門から消えていった。残ったのは十数名の僧侶だけだった。藩兵たちが彼らを取り囲んだ。

「なんだ、お前たち、全員とっ捕まりたいのか？」

僧侶たちが口々に叫んだ。

「これは真宗門徒の総意だ。依乗さんだけの責任ではない」

原は薄笑いを浮かべ「よかろう。なら、お前ら全員を捕縛する。これだけの数の坊主の首を落とすには随分時間がかかるだろうがな」と嘯いた。

その時だった。

一人の男が僧侶たちの前に出た。

三郎衛だった。三郎衛は一揆に集った農民の格好をしていた。

「なんだ、お前は依乗の亭主じゃないか」

三郎衛は腰を折るようにして原に畏まった。

「本日の騒動、真宗門徒の抑えきれない怒りの末とはいえ、煽った私に非がある」

依乗が声を挙げた。

「あんた、何を言うの？」

三郎衛は迸る笑顔で依乗を見た。この世のものとは思えない優しさを湛えていた。

「だから、早まるなよ、と言ったろう」

依乗は三郎衛の胸に顔を埋め、背を大きく震わせて泣きじゃくった。

原が顎をしゃくるようにして言った。

「なんだ、この度の騒動、お前が首謀したと言うのか？」

三郎衛は頭を掻いて「まさか、こんな大騒動になるとは思わんだ」と苦笑いを作った。

僧侶たちが三郎衛を取り囲むようにして「三郎衛さん、それはまずい」と声を潜め囁いた。

「ここは我々でなんとかするから」と他の僧侶も言った。

三郎衛はその僧侶を諭すように「女房が殺されても構わないと言うのですか？」と答えた。

僧侶たちは黙った。

原はしばらく考え込んでいたが、何かを悟ったように頷いた。

「お前たち真宗門徒には参ったよ。確かに、お前たちは仏界の中にいるように見える」

そう言うと、眩しそうに三郎衛や僧侶たちを見回すと一言呟いた。

「わしは何か、とんでもない過ちを犯したのかもしれない……」

原は何かを振り払うように藩兵に命じて三郎衛だけにお縄を掛けた。

「あんた！」

依乗が悲痛な叫びをあげた。

三郎衛は笑顔を湛えたまま言った。

「依乗！　生きろ！　生きてあの伝絵をお守りしろ！」

依乗は膝を落とし、叫ぶように泣いた。その悲痛な叫びが大手門の広場に轟き空高く反響したのだ。


話を聞いていた白華が目頭を押さえた。

「そう言うことだったのですね」

白華はそう呟くと、潤んだ目を茂三に向けた。

茂三の目には涙が溜まり、今にもこぼれ落ちそうだった。悲惨な結末を語り終え、よほど疲れたのか茂三の肩が強張ってみえた。

「茂三さん、良く、語ってくれた。感謝します」

白華が手を合わせると、茂三は両手で顔を覆い泣き崩れた。

「丈助さん、一つ、教えてほしい」

丈助は「はい」と答えた。

「分からないのは、なぜ、親鸞聖人の犬神人を描いた伝絵が廃棄されなかったのかです」

丈助は困った顔を作った。あの伝絵のその後については知らないらしい。

「それは、直接、依乗さんにうかがった方が良いと思う」

十八

白華はその足で依乗のいる常立寺を訪ねた。

依乗は窶れ青白い顔をして、白華の前に現れた。

「少し、お痩せになった？」

依乗は少し照れたように俯いて「食がすっかり細くなって」と答えた。白華はその気持ちが痛いほど分かった。身代わりになって刑場の露と消えた自分の夫のことを考えると、食欲など出るわけもない。

「富山藩の真宗のお寺をほぼ見て廻りました。ひどいものです」

白華はそう語りかけた。

依乗は軽く肯いただけで、口を閉ざしていた。

三郎衛の父親である智教の姿が見えない。

「義父様のお加減は？」

「父は、越後高田の浄興寺の親鸞聖人の御廟を詣でに出かけました。三郎衛さんの供養のため」

依乗が囁くような声で言った。

「目がご不自由なのに？」

白華がそう質すと「息子が手をひいて」と答えた。

「え？　依乗さんの息子さん？」

白華が思わず聞き直すと依乗はわずかに頬を赤に染めた。

「父の息子です。義父は捨て子を養子にして、育ててまいりました。もう、十名以上がこの寺から育ち、皆、立派になっています。三郎衛さんもそんな一人でした」

白華は目の前に立ち塞がっていた謎という扉が、スーと開いたような気がした。三郎衛は間違いなく穢多人だった。その父親が真宗の僧侶であることが不思議だったからだ。

「義父様は生まれも家柄も関係なく、捨てられた子を養子にしたのですね？」

「父は真宗の仏界をこの世で成し遂げようと考えていました。どのように卑しい出であろうとも、その人が卑しいわけではない。卑しいのはそう思う自分自身であって、生まれではない」

白華は依乗の話を聴きながら、口の奥で何度も念仏を唸った。これぞ、真宗の教えなのだ。このような富山の田舎の小さな寺で、養子として何人も育てきた智教の生き様に頭が下がる。

「ところで、私は港の倉庫で、正願寺の伝絵を見ました。しっかりと保管され、どこも傷んではいませんでした。毀釈の的になった伝絵がなぜ、そのような扱いをされてきたのでしょうか？」

一瞬、依乗の目が輝いた。

「無事だった？」

「ええ、私の見る限り丁重に扱われていたようです」

「よかった！」

依乗が初めて朗らかな声をあげた。

「依乗さんはこのことを知らない？」

「ええ、もうとっくに焼き捨てられたものと思っていました」

白華は改めて依乗を見つめた。細長い顔がやつれ尖って見えた。しかし、その中から浮かび上がる芯の強さは何なのだろう。信仰がそうさせているのか？　あるいは依乗の生き様がそう見せているのか。依乗の口元が一瞬、綻んだ。

「これで三郎衛さんも浮かばれます」

そう言って依乗は口元を押さえ、肩を震わせた。

「私が三郎衛さんを殺してしまったのです。三郎衛さんが諭したように早まらないで、真宗の僧侶たちを煽らなければ……」

白華は目を閉じ、両手を下品（げぼん）に構え、扇子をその上に乗せた。

そして、今度は声に出して念仏をあげた。

その様子を見ていた依乗は涙声になって訊ねた。

「あの騒動で、三郎衛さんが私の身代わりになったこと、もう、ご存知なのですね？」

「なぜ、そのことを話していただけなかったのですか？」

依乗は薄く唇を開き「それは……」と言って喉を閉じた。白華は依乗の目を見て訊ねた。

「もし、あなたが、ご主人が身代わりになったことを言いふらせば、藩も看過できなくなる。他の真宗の僧侶にも火の粉が及ぶ。そう慮ったのではないのですか？」

白華がそう質すと、依乗は海綿を絞り、勢いよく水が溢れるように激しく滂沱した。そして、涙目のまま何かを訴えるように白華を見つめた。

「主人が捕縛され、藩兵に引き渡される時、原権少属は私にこう囁きました」

それはまるで依乗を諭すような言い方だったという。

『いいか、この度のこと、これ以上の犠牲者は出しとうない。真宗の気持ちは十分汲み取った。三郎衛の死を無駄にするではない。いいか、依乗、どんなことがあっても三郎衛が身代わりになったこと、他言するではないぞ。他の僧侶にもそれは周知しておきなさい。それがお前たち真宗のためだ』

白華は原という役人のその一言に身震いがする心の昂ぶりを覚えた。それは確かに正しい判断だったのだ。もし、真宗が三郎衛には罪がないと煽ぎ立てたら、依乗はもちろん、その他、蜂起した僧侶たちも連座されたに違いないのだ。


白華はこの度の蜂起の事実を知り、真宗の人々の一揆に見られる闘争の気質の影に隠れた本当の優しさを改めて噛みしめた。あの犬神人の伝絵がそんな人々の魂を創りたもうたのか、白華は両手を合わせ、心からの念仏を唱えた。……唱え続けた。

依乗は目頭を押さえ、頭(こうべ)を垂れて言った。

「ありがとうございます。白華様……」

岩瀬の小崎組の倉庫は海風に煽られ、凍えるような寒さだった。

白華が倉庫の前に立つと、額に包帯を巻いた留吉がぬうっと顔を出した。驚いた様子で目を剥くと

「何の用事だ！」と吠えた。

白華はその時一人だった。恭介は丈助の家までは近くにいたが、その内、姿を消した。白華にはもう時間がなかった。一刻も早く京に戻って、富山藩合寺の実態を報告しなければならなかったのだ。暴漢に襲われ、命が危ういかもしれないが、白華には覚悟があった。どうしても親鸞伝絵の謎を知りたかったのだ。

「この間の殺し屋だな？　なぜ命を狙った？」

殺し屋などと真正面に対峙することなどない。緊張で喉が渇き、白華は濁声になっていた。しかし、不思議議に恐怖心はなかった。

「なぜ、命を狙ったか、だと？　俺たちは頼まれれば誰でも殺す。坊主だろうが、女でも容赦はしない」

「では、だれに頼まれた？」

「それは言えない。それが俺たちの仁義だが、一つだけ、教えてあげよう。お前は正願寺の寺宝を嗅ぎつけていたな？」

「正願寺の寺宝？　そうだな。今、そのためにここに来た」

留吉は「ほう」と珍しく素直に頷いた。

「あんた、神祇官殿とは親しいらしいな？」

「神祇官？　羽田さんのことか？」

「名前まで知らないが、俺にあんたの殺害を頼んできたやつが、その神祇官とあんたが親しいと聞いて、すぐに殺しを止めろと言ってきたよ」

白華はすぐに暗殺を依頼してきたのが林太仲だと読んだ。

白華に知られると困ること。それは林が合寺令を隠れ蓑にして不正を働いていることだ。それを世間に知られたくない。その絡繰りを、三井財閥の大番頭、義方恒輔が白華に暴露したのだ。義方を介して殖産興業と組んで富国強兵という錦の御旗を掲げ、梵鐘や仏具などを略奪、それを金子に換え、その一部は自分の懐に入れるという仕組みだ。羽田が言うように、神仏分離令を都合よく解釈し、合寺なる悪巧みを思いついた。盗みはいつの世も罪過だったが、廃仏毀釈など一皮むけば盗み、強奪、さらに我が国の長い歴史のなかで生まれ、育まれ、今日まで守り伝えられてきた貴重な財産を損壊し焚やし、売り払っても罪に問わない、世界にも類を見ない破壊行為に過ぎないのだ。

白華はその実態と悪行の裏をつぶさに見てきた。それを大谷が訴え出れば、明治政府も看過できないことになるだろう。林はそれを恐れたのだ。だから、少々荒っぽいが、白華を殺害しようと企んだ。

ただ、事前にそれを嗅ぎつけた羽田が白華の身を守る側に回った。それは林にとって想定外に違いない。林は神祇官としての羽田の権限を分かっていて、敵には回したくないはずだった。

為吉が覗き込むように白華を見た。

「あんた、随分とえらい坊さんなんだな？　あの方を震え上がらせた」

「あの方とは、藩の大参事、林太仲のことか？」

白華のその一言に為吉は雷に打たれたように体躯を震わせた。

「図星か？」

「い、いいや、俺はなにも知らねぇ」

「まぁ、良い。それより、もう一度、正願寺の伝絵を見てみたい。構わないな？」

留吉は黙って道を開けた。

倉庫の中は相変わらず閑散としていたが、犬神人を描いた親鸞伝絵から発せられる霊気が白華の瞳を射った。謂れを知った白華はこみ上げるものを抑えられず、思わず、両手で口を押さえた。

白華は、組んだ指の上に扇子をおき、手を合わせた。親鸞の御廟の横で隠れるように手を合わせる犬神人の姿、そして、彼らが天を仰いで泣き叫ぶ伝絵に向かい合うと、蔑まされ、言いがたい傷心と悲しみを背負い続けてきた犬神人の叫びが白華の耳元で破裂したようだった。真宗の僧侶として頭では理解していた平等を尊ぶ親鸞の教えが、この富山の地で多くの真宗の寺を詣でて分かった。ここで見聞したことが白華の体の中に、心の奥深いところへしみていくのが分かった。そうさせてくれた現身（うつしみ）が目の前にある。白華は声に出して念仏を唱え、頭（こうべ）を垂れた。


その時、人影が白華に近づくのを感じた。白華は頬を湿らせた涙を掌で拭き払うと、振り向いた。色黒の精悍な顎を持った男が立っていた。人夫姿だが、派手な青の半纏を羽織っていた。歳は、白華より一回りは上に見えた。

「松本白華様……」

男は目を細め、畏敬を含んで白華を見た。

「わしは、小崎組の頭領、小崎慎之介じゃ。大谷のお偉さんに、こな格好で失礼やが、わしも熱心な真宗門徒や」

　小崎と名乗った男は照れたように笑った。

「この絵が気になるようだな？」

　言葉は乱暴だが、どこかに優しさがあった。

「この伝絵の謂れをご存知か？」

　白華が質した。

　小崎は黙った。白華のところまで小崎の喉を鳴らす音が聞こえた。

「この伝絵には蔑まされてきた犬神人が親鸞聖人の入滅を悲しむ様子が描かれています」

　白華がそう言うと、小崎はまるで心（しん）の臓腑が乱れるような息遣いになった。

「どうしました？　顔色が悪いですよ」

「いや、この伝絵を見ているといつもこうなる」

「何故です？」

　小崎は天を仰いだ。まるで滂沱を堪えているようだった。

「わしも、犬神人や」

　白華は思わず目を閉じた。あの乱れた息遣いはこの伝絵からきたのだ。小崎の血がそうさせたのだろうか？

「わしは若い頃から散々悪さをして、よう、正願寺の門はくぐれないが、いつもあの伝絵には手を合わせておった」

小崎はそう語りはじめた。

林太仲とは昔からの付き合いだったという。元々、小崎は筋金入りの極道だ。裏社会で生きてきて、役人である林を使って散々悪銭を稼いできた。もちろん、相応の袖の下を渡さなければならない。そんな林から合寺令の話があった。

小崎は林から梵鐘の運び役を頼まれたのだ。湾港人足は北前船の交易に関わり、重い荷物の上げ下ろしに慣れていた。滑車を器用に使い貨物船に積んだ。鐘楼から切り離された梵鐘を荷車に載せるなど容易い作業だった。

小崎は最初、何のために梵鐘を運ぶのだろうと思ったという。その時、初めて、廃仏毀釈という言葉を知った。とんでもない悪行が行われようとしている。小崎は躊躇したが、林の依頼には逆らえない。

そんな中で正願寺の話が出たのだ。

「正願寺には檀徒がえらく崇める寺宝があるらしい。見せしめにそいつを潰してやろうと考えておる」

林はそう言った。小崎はそれがあの親鸞聖人の伝絵であることがすぐに分かったと言う。このままでは焼かれてしまう。

そこで小崎は一案を思いついた。

「正願寺には掛け軸になっている親鸞聖人の伝絵がある。こいつを盗み出し、わしにくれ」

林は訝しげに小崎を見ると訊ねた。

「なんでそんなものが欲しい？　掛け軸なんぞ、金にはならぬだろう」

小崎は二の句が継げなかったが、だからと言って自らが犬神人とも言えない。

「いや、富山には真宗門徒が多い。古びた掛け軸でも欲しがる金持ちはいくらでもいる。言い値で売れる。それで一儲けや」

小崎のこの方便は思いがけず林を納得させた。

「よし、分かった。合寺令を発して最初の廃仏毀釈だ。自ら出かけ、その伝絵を奪ってきてやる」

小崎は涙声になった。

「こうやって、なんとか正願寺の伝絵を守ることができた。わしみたいなはぐれもんでも……」

ついに堪えられずに涙がこぼれ落ちた。

散々悪さをしてきた極道だが、何か一つ、真宗のために役立ったことをした、と小崎は言いたかったのだろう。

小崎は三井財閥の大番頭、義方恒輔が様々な裏工作をしたことも白華に語った。さらに大物政治家、広澤真臣参議の暗躍も疑われたのだ。神仏分離令を盾に合寺という悪法を考えつき、梵鐘、仏具などを徹底的に略奪し、人々の心の拠り所であった仏像を毀釈した。これを実施した毀釈果報行者は小崎ら富山の湾港に巣を食う極道たちであり、神道への信心など欠片(かけら)もなかったことが明らかになった。

日本全土に蔓延した廃仏毀釈は明治政府、あるいは天皇の名を語った強奪行為であり、実は、それらが軍備に流れ、明治政府が仕掛けた幾多の戦争の糧となった。そして、結果として日本は大東亜共栄圏なる覇権主義に飲み込まれ、廃仏毀釈が起こって七十五年後、三百五十万もの国民が犠牲となった太平洋戦争という最後の戦争が終結した。この悲惨な戦争の素地は、明治三年からの廃仏毀釈に読み取ることができるのである。

十九

白華の富山滞在も一ト月になろうとしていた。そろそろ東本願寺に戻らなくてはならない。そう思った時、白華は一つだけやり残したことがあること思い出した。島田勝摩という自刃で果てた青年の墓を詣で念仏で霊を弔うことだった。

「真宗が犬神人を救えるのなら……」

羽田のその一言が耳元で囁いたような気がした。羽田は林太仲を許せと言いたかったのか？　それにこの島田という青年がなぜ切腹をしなくてはならなかったのか？　どのような事情があるかは知らない。ただ、無念の死であったことは想像に難くない。自分が称える阿弥陀経で彷徨う魂を浄土に導き給うぞ、といつもになく白華の肩に力が入った。

神通川の緩い川風が白華の頬を優しく撫ぜた。まだ冬の盛りだというのにもう春の気配だった。雪もすっかり消え、立山の沢雪も斑らが目立っていた。

真浄寺の門前に立つと普請の最中だった。破壊された山門に作務衣を着た檀家らしき人々が修繕に忙しい。一人の男が白華の僧衣姿を眩しそうに見て声を掛けてきた。

「何かご用かな？」

「ええ、島田勝摩という方のお墓を探している」

「島田？　ああ、寺を出て、右に行くと、石の地蔵様がおる。そこの後ろに卒塔婆が立っとる。そこじゃ」


真浄寺を出て外壁に沿って歩くとじき、荒地になる。そこに目立たない地蔵の石像があった。路傍の粗末な石仏である。石仏に寄り添うように卒塔婆が立っていた。墓石はない。

卒塔婆は風雨に曝され、半分朽ちていた。崩れた墨文字から確かに故島田勝摩と読めた。梵字の経文は消えて読めないが、うっすらと命日・慶應元年とあった。六年から七年前に埋葬されたことになる。

その時、後ろで人の気配がした。

作務衣を着た初老の男が立っていた。笑っているのか泣いているのか、皺くちゃな目の弛んだ表情は異相と言うほかない。首から輪袈裟を下げているところから真宗の僧侶だったらしい。おそらく、還俗を迫られ、久く僧衣を着ることができなくなったのだろうと思われた。

「わしは高橋清と言います。この寺の住職をしておった」

そう言って手を合わせた。

「還俗させられ今は、近くの船元神社の神職をしておるが、ここの宮司がわしの幼馴染みでの、いわば肩書き貸しをしてくれて、いつもは寺の修繕をしているが取り敢えずお咎めはない」

高橋はそう言って笑った。

「貴殿は見たところ、真宗のお坊さんのようだが？」

「私は大谷ですが、松本白華と申します」

高橋の喉が鳴った。

「あの、松本師？　これは驚いた。噂には聞いておったが、まさか、こんな所でお会いできるとは」

白華は照れ笑いを作って「ところで」と語気を押した。

「この卒塔婆にある、島田勝摩とは？」

「この方をご存知で？」

「いいえ、ある方から供養をしてほしいと頼まれまして。二十五歳という若さで切腹の上果てたと聞いています」

高橋は辛そうに眉間を寄せると「ええ……」と首肯いた。

高橋は白華を境内に案内した。真浄寺の庫裏の板壁は穴が空き、あちこち壊された跡がある。

「わしは本願寺派の坊主やから高橋正順と名乗っておった。還俗でこな、どこにでもある平民の名前に変えさせられた」

高橋はそう嘆いた。

「庫裏の屋根と壁は板で補修したのでここに住んでおる。取り敢えず雨風はしのげる」

仏間に通されたが、勿論、そこにはあるべきものはない。

「ここに藩兵と訳の分からない神道の組合みたいのが土足でなだれ込み、ここも泥だらけになった。泥を避けるのに何日も掛かった。ひどいもんや」

そう言って高橋はお香に火を灯した。湿気た煙を燻らしながら、渋い薫りが白華の鼻を突いた。

「もう、こんな腐ったようなお香しか残っておりません」

高橋は背中を傴僂のように曲げ、そのままの姿勢で大きなため息をついた。

「何で、こんなことになったんやろ……」

呟きとも囁きとも言えない呻吟が吐息に混じった。

「ところで、松本様は山田嘉膳をご存知か？」

高橋が唐突に聞いてきた。

白華が首を傾げると「二代前の富山藩の国家老や」と高橋は言った。

白華は朧げだがその名に記憶があった。数年前だったか、富山で国家老が暗殺された、という噂話を、東本願寺の宗務室に詰める僧侶たちが話をしていたのを思い出したのだ。

高橋は少し躊躇うように言葉を選びながら語り始めた。

富山藩は加賀藩の支藩である。それ故、宗藩である加賀藩の顔色を常に窺い、加賀藩の都合に翻弄させられてきた。特に安政の大地震以降、公儀普請手伝いにより膨大な出費を強いられ、その上、加賀藩では血みどろのお家騒動が勃発した。そんな折、富山藩の家老となった山田嘉膳はわずか四歳の前田利同（としあつ）を富山藩主に迎え、財政、藩政の立て直しに乗り出す。しかし、所詮、山田は加賀藩から遣わされていた富山藩詰の家老である。財政が緊迫しているのは加賀藩も同じで、山田の目線の先は常に宗藩に向いていたのだ。藩の改革どころか山田が打ち出した施策は加賀藩へのさらなる上納米の嵩上げだった。


「それをよしとしない七名の若い侍が同盟者として声をあげたのですわ」

高橋が言う七人の同盟者とは、

「入江民部、千秋元五郎、半田幸左衛門、吉川興衛、藤田太郎兵衛……」

高橋は一息入れ「そして」と言った。

「島田勝摩、林太仲」

白華は絶句した。あの林太仲が家老に反旗を翻したのか！

「そう、次席家老の近藤甲斐に唆（そそのか）された七名の若者が血判をもって宗藩である加賀藩に山田の悪政を訴えようと建白を持ち込もうとした」

「建白！　それは余程のことですね」

白華が驚いたのは無理がない。建白を藩に提出するというのは謀反による死罪を含め、然るべき覚悟が必要だった。

「近藤甲斐は富山生まれのたたき上げだ。加賀藩の意向をそのまま藩政に持ち込む宗藩の傀儡どもには我慢がならなかったのでしょう」

高橋は白華の目を探るように続けた。

「近藤甲斐は林らが加賀藩に出した建白が右筆の一存で握りつぶされたことを知っていた。正攻法では無理と読んだ近藤は、血の気の多い林太仲らを焚き付け山田の暗殺を画策していたのですわ」

白華は目を剥いた。

「暗殺？　それはただごとではない」

「ところが……」

高橋が声を潜めた。

「連中が夜半に暗殺の算段をしていると、年長の入江民部が息を切らして飛び込んできた」

「大変だ！」

開口一番そう怒鳴った。

一同が入江を見る。

「藤田が裏切った」

入江は息を整えると「まずいな」と肩を落とした。

首謀格の林太仲が立ち上がった。

「藤田は建白状から暗殺に話が及んだ頃から、どうも乗り気ではないように見えた」

入江が林の言葉を継いだ。

「あいつは水墨画の達人だ。今、死ぬわけにはゆかないと思ったんだろう」

すると、若い島田勝摩が入江を睨みつけた。

「なんだ、入江さんは随分、藤田に肩を持つな。あいつは我々の同盟を裏切ったんだぞ！」

入江は島田の好戦的な性格を知っていた。その言動を無視するように他の仲間を見回した。

その時、最年少の千秋元五郎が恐る恐る訊ねた。

「もう、家老側には気付かれているのだろうか？」

入江が答えた。

「いや、まだ、藤田の腹のなかにあるはずだ。あいつは、ただ、ご家老暗殺に与したくないだけだ」

島田勝摩がまた声を荒げた。

「なんだ！　藤田はここにきて恐れをなした、という訳か！　入江さんもそうだが、揃って腰抜けだな」

「なんだと！」

島田と入江が睨み合う。

そこへ林が間に入った。

「まぁ、待て。ここで、仲間割れする場合じゃないだろう」

林は腕を組み、苦々しく言った。

「しかし、これはまずいぞ。藤田が仲間を出たとなると、いずれ家老側にこの策謀は漏れる。そうなれば、全員、反逆罪で斬首だ」

若い侍たちはへたへたと腰を落とした。

そんな様子を見ていた島田が「くそ！」と茶碗を投げつけた。

カチャーンと壁にぶつかって砕けた。

「なんだ！　お主らは形戮に処させることを覚悟の上で血判まで押してご家老の悪政を訴え出ようとしたのではないか！」

林が島田をなだめる。

「覚悟はできているさ。しかし、このままでは何の解決にもならない。無駄死だ。とにかく、建白を吟味してもらうまでは死ねないだろう？」

「問題はその建白だよ」

そう言ったのがいつも冷静な半田幸左衛門だった。一同が訝しげに半田を見た。

「次席家老の近藤様の話だと、建白は加賀藩の右筆に握りつぶされたと聞く」

半田は島田が投げつけ砕けた茶碗を拾い始めた。

「この茶碗と同じだ。建白は何らやましいものではない。しかし、暗殺は天下の重罪だ。一度砕けたら元には戻らないぞ。本懐を遂げなくては正に犬死だ」

この半田の一言が若い侍たちの闘志を貶めた。

林が抑えた口調で言った。

「そうなると、残された道は二つだけだ。まだ、山田家老側にこの暗殺計画が知られていないとすると、早い方が良い。ご家老はまだ明るいうちに二の丸の役所を出て、城外に待たせている駕籠を使って町屋に出るのが日課だから、そこを狙う。しかし、もうすでに計画が漏れているとなると、そうはゆかん……」

半田が林の言葉を継いだ。

「そうなると、決行はもう少し様子を見た方が良いな」

その時、島田が怒鳴った。

「ええ、まどろっこしい！　お主らはいつでもそうだ。議論はするが、実行はせん。付き合っておられん！　くそ！」

島田はそう言い残して部屋を飛び出してしまった。

その翌日の夕刻。

真夏の暑い日だったという。城内、二の丸の役詰から出てきた山田はいつものように二の丸櫓門から城外に向かって歩いていた。外堀の前には駕籠がいくつも並んでいて、その内の一つが山田の御用達だった。

駕籠の引き戸を開いたまま、担ぎ手が支え棒を持って山田を待っていた。その時だった。担ぎ手の裏手から一人の侍が砂利を蹴るように飛び出すと「ごめん！」と一言発し太刀を振りかざした。

ザン！

正に一瞬の出来事だったという。首から胸へひと太刀で両断され、山田は「ムムム」と唸り声を上げるとゲボと口から血を吹き、そのまま砂利の上に崩れた。

「拙者は御徒組イ組・組頭、島田勝摩である。たった今、富山藩家老、山田嘉膳殿を成敗いたした。これから加賀藩に出頭し、沙汰を受ける」と言い残して、去っていったという。

島田は、金沢香林坊近くで、跡を追いかけてきた富山藩の藩兵に捕縛され、抱きかかえられるように番所に突き出された。翌日、加賀藩の公事場が管轄する町奉行所の奉行が駆けつけ「罪状に斟酌すべきところなく」と切腹を言い渡した。そして、島田の身柄は一度富山藩に戻し、富山藩の裁量で形戮の日取りを決めるようにと沙汰が下ったと言う。

一年後の夏、島田勝摩は呉羽山に近い安養坊坂で刑場の露と消えた。僧侶の読経もなく、立ち会ったのは警刑吏の役人数名と非人だけだったと言う。

結局、藤田太郎兵衛は同盟から外れたものの、山田家老暗殺の計画は決して漏らすことはなかったという。しかし、林らの同盟を支持する藩侍の中には、藤田に対して裏切り者の烙印を押し、「犬侍」と罵った。しかし、藤田は後年、呉江という画号で水墨画の名人として名を馳せ、歴史に名を残した。

形戮に処された島田と藤田を除く同盟者五名は、家老暗殺を知りながら放置した咎で閉門蟄居となった。彼らが死刑に連座しなかったのは新しく家老になった近藤甲斐の斟酌があったからだと噂された。

近藤甲斐は島田の死罪をもって林たちの蟄居を解き、林を除く四名は藩の重役たちの預かりとなり、林だけが何故か長崎へ遊学となった。そこで武器商人のロレイロらの薫陶を受け、西洋の武器の扱いを学んだ。そして、江戸に出て、長州の大物政治家、広澤直臣と縁を持ち、新しい政府の政策に触れた。広澤が推し進めていた富国強兵策に林が強く感化されたのはその頃だと思われる。

島田の遺体は親族が引き取り、菩提寺である真浄寺に持ち込まれたが、そこに富山藩の町奉行らが待ち構えていた。

「藩に謀反し、その上、ご家老を惨殺した罪は重い」と申し述べて寺院での埋葬を禁じたのだ。

行き場を失った島田の遺体は、住職の高橋正順の配慮で寺の裏手にある荒地に埋葬された。せめてもの慰みは路傍の地蔵尊の石仏が遺体に寄り添ってくれたことだろうと白華は思った。

庫裏の庇に砂利を叩きつけるような雨音が轟いた。

「おお、冬の雨だな。少々、強そうだ」

高橋が垂れた目を精一杯開いて言った。

「雨具はお持ちか？」

雨具は頭陀袋にいつも挿してあった。白華は白湯の礼を述べると、庫裏から出た。通り雨なのか、もう雨は止んでいた。白く澱んだ淡い靄が低く立ち込めていた。

その時、高橋が白華を呼び止めた。

「もう一度、島田君の墓を詣でていただけるのですかな？」

「はい、そのつもりです」

「それはありがたい」高橋は小さく首肯いた。そして、肩を落とすようにして、「島田君が死んで一年後に、建白書に関わった若者たちが揃ってここに来て、島田君の霊に手を合わせてゆきました。但し、林太仲は来なかった」

「何故ですか？」

高橋は弛んだ目をさらに細くした。

「恐らく、建白書に関わった連中とは距離を置くように言われたのでしょう。それを条件に大参事に抜擢され、そして、合寺を実施した」

白華の首筋がひどく凝った。ふと、脳裏をよぎった言葉は、義方が言った「猿回しの猿」だった。林太仲は明治政府の中枢の思惑通りに踊らされていたのではないか？


白華は、島田の墓へ向かった。さっきは口の中で阿弥陀経を称えたが、青年の無念は計り知れない。口に出して、声明をもって唱えようと思ったのだ。

顔が半分崩れた地蔵尊の石仏に両手を添えるようにして「南無阿弥陀仏」と三回唱えた。そして、腹から音節を絞り出すように「如是我聞一時仏在舎衛国　祇樹給孤独園……」と仏説阿弥陀経を唱えた。

阿弥陀経をあげながら白華は思った。

林太仲は島田の死がよほど辛かったに違いない。七名で同盟の血判を押し、命を賭けて建白を差し出したはずだ。しかし、建白書は加賀藩によって握りつぶされた。次に山田家老の暗殺を企てたが、島田一人が家老を殺め、全責任を負って果てた。生き残されたことの残酷さを林は嫌というほど味わったはずだ。しかし、林はただ一人、長崎遊学や広澤参議との接触を介し、明治政府の思惑の罠に嵌ってしまった。言われたままに動かざるを得ない立場に貶められたのだ。その甚（いた）みが白華自身の痛みとして胸心の中に遺存した。血判をもって同盟を誓った仲間たちを裏切り、島田の墓に手を合わせることさえ叶わない。林の生き様にそれはどれほどの痛みとして残渣したのか。

林が主導した合寺令も、林自身が作り出したいわば地獄を具現化したものなのかもしれない。

白華は……、そう思うと林を憎むことができなかった。

今ここで島田を供養することが、林を地獄から救うことなのかもしれない。

白華は林を想って念仏を唱え続けた。

人の気配がして、白華は経を止めた。振り向くと、農地の畦道を数本跨いだ先に黒いオーバーコートを着た男が立っていた。

「林太仲……？」

男は白華に向かって手を合わせ、そして軽く会釈すると、スーと姿を消した。

終章

京に戻った白華は早速、東本願寺大谷派の第二十一代門首、嚴如(ごんにょ)と息子の大谷光榮に面会した。光榮は北海道に戻るのを遅らせて白華が帰るのを待っていたという。

二人は白華が語る被害の実態に目を閉じて聞き入っていた。

光榮が重い口を開いた。

「想像以上やね」

光榮は他の言葉が見つからなかったのだろう。何度も両手で口を塞ぎ、瞬きを繰り返していた。

嚴如が嗄れた声で言った。

「松本君、早速、明治政府に宛てた報告陳情書を作ってくれ。これは君が見聞した通りの言葉でしたためてくれ。なに、明治政府の批判になっても構わない。少しくらい強い口調やないと、薩長、土佐の田舎者には通じへんからな」

白華の怒りをそのまま文章にすると、感情が先立って事実が伝わりづらくなる。だからと言って、ただ、起ったことを淡々と綴るのでは、あの暴挙が薄まって理解されてしまう。

白華は合寺令以降、富山の人々が何事にも疑心暗鬼になっていることが気がかりだった。自分たちの日常に深く関わってきた仏教が根本から否定される社会。何を信じて生きていったらよいのか？

仏様に向かって手を合わせる、そんな行為がこんなにも心を穏やかにし、生きる喜びを感じさせることを、それを失って初めて人々は気がついた。

あの何事にも前向きで、明るく振舞ってきた富山の人々の失意が絶望になり、それはいつしか、路傍を彷徨う言葉を発せない亡者のようになっていった。

明治になって人々は自由闊達な新しい社会を期待していたが、いざ、蓋を開けてみると、今までの仏を取り囲むように睦まじく生きてきた日常がなくなっていたのだ。これは仏に仕える身として看過できないことだと白華は憤った。

だから、これだけは言っておこうと思った。

「文明開化によって人々の交流は自由であるとされているのに、戒厳令がしかれているような富山の状況はどういうことなのか？」

「ところで……」

巌如が白華を探るような目で訊ねた。

「蜂起はなかったのか？」

白華はあの蜂起をどう伝えたら良いのか、ずっと悩んでいた。

「犬神人……」

白華はそう一言を発した。

光榮が口を尖らした。

「犬神人がどなんした？」

白華は姿勢を正して、言った。

「親鸞聖人の死を悼む犬神人の姿が描かれている伝絵がありました。また、犬神人が親鸞の死を悲しみ、滂沱する図柄もあったのです」

その時、厳如が声を絞り出した。

「松本君、まさか君はそれを観たというのか？」

「ええ、観ました」

「どこで？」

「岩瀬という富山の港の倉庫です」

「な、なんで港の倉庫なぞに？」

厳如の驚きと何かを慈しむ瞳を見て、白華は黙った。厳如はこの伝絵を知っているのだ。犬神人と親鸞聖人の伝絵が厳如の頭の中で重なって、この伝絵の謂れを導いた……。

「確かに、富山で蜂起がありました。蜂起の起こりは、この伝絵を命がけで守ろうとする真宗の僧侶や門徒たちで、蜂起した数は二千」

「二千！」

光榮が叫んだ。

「そのような大きな謀反を起こせば、首謀者は死罪やぞ！」

白華は唇を真一文字に結び、頷いた。

「門徒が形戮に処されたのか？」

厳如は声を詰まらせた。

「首を吊られたのは穢多びとでした」

白華がそう呟くと、突然、厳如が目頭を押さえた。

「父上、どうされた？」

光榮が厳如の肩に触れた。

「あの伝絵は……」

厳如の瞳が潤んでいた。

「犬神人は……」

厳如の声が詰まった。

「皆も知っとるやろ。法然上人の墓を犬神人が打ち壊す様子が、捨遺古徳伝に描かれておる。清水坂の乱僧と忌み嫌われ、ひどい差別に遭ってきた」

光榮が話を継いだ。

「ええ、存じています。蔑まされてきた犬神人を救ったのが親鸞聖人でした」

「そや、それで蓮如聖人は親鸞聖人伝絵の増補として犬神人の真宗への帰依の姿を描かせたのだ」

厳如は敢えて感情を抑制するように淡々とこう語った。

犬神人にはどの宗派も救いの手を差し伸べなかったという。唯一、親鸞聖人が犬神人の集落を訪れ、浄土を説いた。一人の犬神人が親鸞にこう訊ねたという。

「わしたちは死人を捌き、身に付けていたものを奪う、いわば法を破る悪しき者、不敵癩だ。ずっと世間からつまみ出され、蔑まされ、相手にもされてこなかった。そんなわしらにどんな魂胆があって近づく？」

親鸞は優しい目になって寄り添うようにこう返したという。

「わたしもあなたも、そこに座する犬神人たちも、皆、郡上の海と一緒だ。郡上、すなわち、生まれ死する生死を受ける衆生の民。それらが海のごとく集まって生きています。その海には一切の優越も諍いもない。あるのは……」

親鸞は犬神人たちに向かって両手を合わせると「あなたたちへの限りなき愛と、敬うこと、そして同じ衆生として阿弥陀にひたすらお祈りすることです」と語ったという。

それを聞いていた光榮が手を合わせ、目を閉じ、喉の奥で念仏を唱えた。

「悪人正機……。真宗の根本教義を犬神人から教えられた」

犬神人たちは親鸞に帰依し、影から親鸞の旅をお守りしてきたという。そして、親鸞が亡くなると、犬神人は表に出ることもなく、ひたすら念仏を唱え、親鸞への敬慕を続けたのだ。そして、そんな犬神人を、蓮如聖人が正しき真宗の門徒の姿として描かせたというのだ。

厳如はその伝絵が増補だけに、正式な親鸞聖人伝絵にこの二葉の絵が含まれず、次第に忘れられていったと語った。そして、原画は本山から遺失し、いつしか、伊勢は津の専修寺に、もう一葉は岡崎の上宮寺に保存されることになったのだという。

「それで、この伝絵はどの寺に保管されていたのや？」

厳如が訊ねた。

白華は厳如の瞳の奥を射るように言った。

「富山は西新庄の正願寺です」

厳如の目が光った。

「正願寺と言ったか？」

「はい、申し上げました」

「住職は了慈。桂、了慈やな？」

「はい、そうです。重い病で床に伏しています」

厳如の目が潤んだ。

「わての大谷学校時代の教え子やった。優秀やった。ある時、本山にやって来てこう言うたよ」

厳如は涙を溜めるように天を仰いだ。

「正願寺に就くことにしました。先代が亡くなり、継ぐ僧侶もいないので、私が」

厳如はこう返したと言う。

「君は富山でも一、二を争う名刹の倅やろう。なぜ、そんな小さな寺を継ぐんや？　それに正願寺は穢多寺やろう。差別もあって苦労するぞ」

了慈は照れたように微笑むと「犬神人たちとあの親鸞聖人の伝絵をお守りしなくてはならない」と

答えたという。

依乗から桂了慈の訃報が届いたのは、白華が京に戻ってから十日後のことだった。依乗は正願寺に就いて、三郎衛の卒塔婆を建て、この寺で供養する、と書かれていた。そして、最後に、「小崎組の為吉という男が犬神人の信心を描いた親鸞聖人伝絵を返しにきました。どこにも傷ついた跡はなく、厨子に大切に保管し、毎日、門徒と一緒に拝んでいます。為吉は、その日から寺男となって伝絵を護ってくれています」と結んであった。

林太仲の腹心の権少属、原弘三は真宗本願寺派の教順寺に生まれ得度したが、その後、儒教に感化され明治元年に還俗した。三郎衛を捕縛し、形戮に処したことをずっと悔やみ続け、合寺令が出た翌年に富山県庁を辞し、東京に出て広澤参議の秘書となり、出世を果たした。衆議院議員を二期務めた後、越中商業銀行の頭取に就いたが、晩年は再び真宗に帰依し、故郷の教順寺の再建に尽力したという。

神祇官の羽田明文は、富山ではさしたる成果も得られず、その後、宮崎、鹿児島、静岡の廃仏毀釈を検分しその凄惨な実態を明治政府に訴え出た。しかし、神祇官総督である白川三位はじめ、亀井茲監ら排仏主義の国学者、儒教者らの逆鱗に触れ、明治四年の夏、突然、神祇官を解任された。羽田は失意の中、故郷の津和野に戻った後は行方が知れない。

富山藩合寺は白華たちの訴えもあって、明治四年五月八日、明治政府は富山藩に対し「合寺令がすこぶる人民の心、すなわち下情を怨屈の趣、不都合だとして、穏当に命令を解くよう」命じた。しかし、羽田の失脚は林太仲らの好き勝手を許す結果となった。結局、明治五年には檀家数七十戸以上の寺院に限って再興が認められたが、その他の寺院は明治九年まで認められることはなかった。それどころか廃仏毀釈はその後も続き、明治十一年にようやくその嵐は鎮静をみたのである。

しかし、富山の寺を七つに合寺するという林太仲の野望は結局実現を見ることはなかった。多くの寺が廃寺もしくは無人の寺となったが、その一方で、檀家とともに命がけで護り通した寺も少なくなかった。特に真宗の寺は最も過酷な状況に置かれながらも、ほとんどの寺が藩の命令に背き数年で再興を果たした。

松本白華はその後、ロンドンやパリに留学し、真宗の近代化と国際化に尽力し、大正十五年、八十七年の生涯を閉じた。

今も真宗富山別院の境内には白華の書いた碑文が石に刻まれている。白華の事実に基づいた合寺令の詳細な見聞が、事態を静観していた明治政府を動かし、数年後には鎮静に向かった礎となったのである。

了

編集部註／作品中に一部差別用語とされている表現が含まれていますが、作品の舞台となる時代を忠実に描写するために敢えて使用しております。

【著者紹介】

宮田　隆（みやた　たかし）

医科系大学教授、病院長を経て、国際医療協力NPO理事長に就任。独立直後の東ティモール、内戦中のカンボジアなどの多くの医療現場で活躍した。現在はラオスを中心に活動をしている。北区内田康夫ミステリー文学賞、ヘルシー・ソサエティー賞、医療功労賞などを受賞。主な作品には、誰も触れることのなかった凄惨なカンボジアの内戦を描いた「ポル・ポトのいる森」やベトナム戦争のさなか、同じ民族同士が二つに割れて戦ったラオスの壮絶な内戦を描いた「モン族たちの葬列」など、大国のエゴに翻弄させられたアジアの人々を描いた歴史小説を得意とする。また、月刊「アッレ」では明治初期という時代の矛盾を鋭くえぐった「邏卒刑事工藤一輔の事件簿」の連載がある。近著に「時衆の誉　小石川養生所　立雪龍庵の診療譚」「長吏頭　弾左衛門の親　―西陣大火の秘密―」がある。第23回歴史浪漫文学賞優秀賞受賞。

闡提(せんだい)たちの廃仏毀釈(はいぶつきしやく) ――松本白華(まつもとはつか)と富山藩合寺事件(とやまはんごうじじけん)――

2023年12月8日　第1刷発行

著　者 ― 宮田(みやた)　隆(たかし)

発行者 ― 佐藤　聡

発行所 ― 株式会社　郁朋社(いくほうしゃ)

〒101-0061　東京都千代田区神田三崎町2-20-4

電　話　03（3234）8923（代表）

FAX　03（3234）3948

振　替　00160-5-100328

印刷･製本 ― 日本ハイコム株式会社

装　丁 ― 宮田　麻希

落丁、乱丁本はお取り替え致します。

郁朋社ホームページアドレス　http://www.ikuhousha.com

この本に関するご意見・ご感想をメールでお寄せいただく際は、
comment@ikuhousha.com　までお願い致します。

 ISBN978-4-87302-805-7 C0093